시는 세상을 보는
또 하나의 언어
　　　　　　　김보곤

사랑의 시선으로
다정한 관찰자
　　　　　　　전영규

　　　어두움에다 무게가 낮보 법
　　　나는 늘 미련을 안고 산다

찰칵 같은 미로 속 위안이 되기를
최○○

온 마음을 담습니다.
이승○

문득,
이곳에 머물게 된 그대에게
최우진 (마음음)

우리의 계절은
언 마음을 녹이고

김보곤

「나는 다만 그대에게 나리는 꽃이고 싶다」

이 세상에 사랑이라는 단어가 없다면
어떻게 사랑을 표현할 수 있을까, 라는 의문에
시를 쓰기 시작했습니다.
그리고
행간과 연 사이에 놓인 여백을
각자의 생각과 마음으로 채울 수 있다는 매력에
시에 빠져 들었습니다.
그렇기에 이토록 좋은 시를
모두가 쉽게 쓰고, 쉽게 읽을 수 있는 세상이
왔으면 좋겠다는 바람으로
계속 쓰고 있습니다.

email.   the_cynical@naver.com
blog.   blog.naver.com/the_cynical

전영규

「다정한 관찰자」

여러 해 여러 이름으로
사랑하며 배웠습니다.
사랑한다는 건 세상에 다정한 관찰자가
한 명 더 생기는 일이라는 것을

내게는 희미해져버린 유년 시절을
기억하는 부모님의 추억 속에
나는 모르는 내 사소한 습관을
알고 있는 친구들의 관심 속에
나는 볼 수 없는 내 잠꼬대를
사랑으로 바라봐 주는 연인의 시선 속에

지난날의 제가 살아 숨 쉬고 있음을
종종 느낍니다.

그래서 앞으로 마주하게 될 모든 인연과
추억을 사랑하겠다는 무모한 다짐을 합니다.

제가 들려 드릴 이야기는 무모한 다짐을 한
한 관찰자의 관찰일지입니다.

instagram. geul_nadam_

이지인

「습기 찬 사랑」

고래의 눈을 마주하면 어쩐지 슬퍼졌습니다.
기이한 신호를 보내는 듯했지만 전달되지 않았습니다.
반경 내에서 이리저리 움직일 때면
나에게 그림자가 졌다가, 사라졌다가를 반복했습니다.

그늘 진 나를 보면
그 부재에 한없이 서러워지는 것이 아니겠습니까.
작은 아쿠아리움에 자꾸만 파랑이 일었습니다.

내가 뱉는 이름들은
큰 파도로 돌아와 나를 사무치게 할 것을 압니다.

그럼에도 발이 닿는 대로 방문하는 것,
세상에 종말을 고해도 사랑은 영원하다는 것.

instagram.   @busanisbusy
email.   qlsl9947@naver.com

최은유

「극지를 위한 증명」

2010년생 중학교 졸업을 앞둔 3학년입니다.

지리와 철학을 좋아해서

이를 융합해보고자 시를 쓰게 되었습니다.

어쩌면 제 인생에서 가보지 못할 장소들을 소재로

시를 써보았습니다.

이수연

「마음의 독백」

일상생활에 스며 있는 것들에 눈길을 주며,

그곳에 오래 머무는 편입니다.

때로는 의도하지 않아도 사소한 것들이 먼저 눈에 들어와,

필요 이상으로 에너지를 쓰기도 합니다.

그런 성향이 피로감을 안겨 주기도 하지만,

덕분에 세상을 조금 더 자세히 바라보게 된다고 믿고 있습니다.

누군가는 그냥 지나칠 수 있는 풍경에도 걸음을 멈추고,

그 순간 피어오르는 감정을

제 마음속 한 공간에 조용히 심어두곤 합니다.

email.   gd095353@naver.com

최우진

「달리 까닭이 없었기에, 그것이 사랑임을」

어렸을 적, 작은 햄스터 한 마리를 키웠었는데
참 오랜 세월 살다 그렇게 떠나갔다
쳇바퀴를 참으로 잘 굴렸었는데
좋아하는지는 단 한 번을 묻지 않았고
이제 와 보니 넓은 세상을 갈망하던 갈증 같기도
그곳이 지옥이었겠다 싶기도 하면서
어느덧 내가 그 위로 올라타 있고
빠르게 구르는 발에도 심장박동은
흐르기를 거부하는 강줄기,
혹은 빠르게 흐르는 시간에 지쳐
그 반복을 그만둔 시곗바늘

하염없이 질퍽한 늪의 목구멍 그 아래로, 아래로
남아있던 손 하나로 거뭇한 진흙 위로 써 내려간 글 하나,
그 작은 몸부림은 하나의 숨구멍이 되었고

비로소 나는,
나로서 살아가는 중입니다.

instagram.   @stay_4you_
email.   chimarvd@naver.com

「나는 다만 그대에게 나리는 꽃이고 싶다」

삶을 살다 보면 마음이 잠시 멈추는 장면들이 있습니다.
스치듯 지나가지만 오래 남는 장면들,
그때의 마음이 온전히 머물 수 있도록
펜 끝에 꾹꾹 눌러 담아
순간을 조용히 시로 적어두었습니다.

특별할 것 없는 하루에
가장 작고 평범한 것들이
제 삶에 온기를 가져다주었습니다.

이 글을 읽는 여러분의 일상에도
따뜻한 순간 하나가
살며시 떠올라 주길 바랍니다.

- 시인 김보곤

가게 밖 풍경

스피커가 노래하는
진부한 사랑 이야기가
적막함을 휘감고 나간다

비끄러이 앉아 턱을 괴고
노랫말이 새어 나간 길
창 밖을 가만히 바라본다

아직 한 냉혹한 듯한 봄바람
안으로 안으로
움츠리는 마음을 양 팔로 꼬옥 감싼 채
바람에 맞서거나
혹은 등 떠밀리거나
저마다 어디론가 흘러가는 사람들

채색되지 않은 표정이
입안을 까끌까끌하게 만든다

굳어지는 풍경
기다리는 시간은 좀처럼 오질 않고
다가가는 시간은 너무 더뎌
그저 짤랑이는 풍경만 응시한다

적막한 음색
아직은 소리가 조금, 차갑다

가을밤, 추풍낙엽秋風落葉

잎새를 스치우는
스산한 바람이 가을밤을 얘기한다

고요한 적막 속의 흔들림

온다 간다 말도 없이
성큼 다가와
감싸 안는 너의 품이
제법 차다

적막함을 가르며
유일하게 바스락거리는
잎새의 투신은
너의 그 포옹 때문이리니

성기며 떨어지는
궂은 인연을 보듬으며
그렇게 가을밤은 깊어간다

가을에

언제나 나의 곁에
머무를 줄 알았던
당신이
어느새 저만치 가버렸다

파아란 하늘 아래
하얗게 부서지던 나의 숨결 따라
그대는 한걸음 내딛고
내딛고
내딛고
멀어져 가고

그대 발자욱 따라
빠알갛게 피어나던
단풍의 향연만이
내 마음 스쳐 간 그대의
기억으로 남아
작은 떨림으로
당신을 추억하게 한다

당신이 내디딘 걸음만큼
내게 쌓여만 가던 그리움의 낙엽들

모든 것이 이별을 고하는
이때
지금,
가을에

겨울비

시간은 언젠가는
모든 것을 데려갈 것을

세월을 인내한
푸르름의 임종을 고하며 삼키는
너의 울음이

오늘은 유난히도 시리다

그리움

그대를 향함에
나는 이 말 만큼
정확한 말도 없다고 여기지만
함부로 되뇌지 못하고

어쩌면 그대에게
그리고 나에게
위험천만하고
한심한 언사였을까

추억을 반석 삼는다는
이 말

기억의 편린밖에 가지지 못해
그대를,
혹은 그대에 대한
추억이나 실감이 옅어져감에

더 이상 내게 이 말은,
그리움은,

그리움이 아닐지도 몰랐다

까치밥

살포시 다가온
그대의 날카로운 입맞춤에
그만 툭 하고 울음을 터뜨리는

차디찬 기다림으로 익어갔던
빠알간 내 마음 하나

꽃이 내린다

이별의 거리는
멀지 않아
일렁이는 마음 따라
흩날리다 보면
어느새 이만치
다가와 있어

채 붉음이 가시기 전에
이미 이별을 고한
꽃들이
내린다
쌓인다

그리고
아스라이 진다

낮달(그대와 당신)

사실 한 뼘쯤 옆에
늘 있었어요
가끔 어색한 시간에
부끄러운 듯 민낯으로 함께할 때에도
조심스레 말없이 따라 걸을 뿐
이렇게 마주한 것으로도 설렙니다
당신의
붉은 옷자락 솔기에
어둠이 내려앉는
이 순간도

봄비

해껏 검기울어 가더니
기어코
봄비가 성글게 나린다

마음이 부유하여
춘궁한 탓에
오갈 데 모르고 있으매
어느샌가
봄비가 마음을 앉힌다

이 밤
좀처럼 잠들지 못함은
비 따라 나려오는
그대 생각인 까닭인데

언젠고 그대,
소리 없이 마음을 적셨네

이 봄
봄비 따라 봄철도 한 때

이 비가,
이 철이 채 긋기 전에
나는 다만 그대에게 나리는 꽃이고 싶다

노을 밤

하늘의 끝 한 자락이
붉게 타들어 가며
뜨겁게
식어가는
하루의 끝을 알린다

모두 타들어 가
까맣게 식어버린 하늘과 하루를
우리는 밤이라 부른다더라

비 오는 거리, 그리고…

종일 찌푸린 표정이더니
기어코 성기게도
비 꽃이 몇 송이
툭 툭 떨어져 내린다

비그이 널 기다리며 서 있는 처마 밑
포드란이 피어오르는 흙 내음이
콧등을 스치고
낙숫물 소리만이 유일한 소리란 듯
세상은 온통 차분한 적막 속

얄궂게도 좀처럼 너는 오질 않고
애달픈 발그림자만이
비 오는 거리
너를 향해 간다

눈 내리는 여름날

'로맨스는 가고
한여름에 흰 눈이 내릴 때까지 사랑한다는
맹세만 남았다면 지금이 기회야'
라고 내뱉는
실없는 농담에 멋쩍게 웃어 보이는 너

뜨겁게 뜨겁게
외친 사랑은
어느새 증발하여
메마른
척박한 마음만 까끌히 남은
그리고 나

나란히 앉아도 덧없이 빗나가는
우리 시선은
까닭도 모른 채
섭씨 30도의 열기도 견디어내며 흩날리는
플라타너스 눈송이를
스쳐 가고 있었다

온도의 이름

대한大寒이
소한小寒이네 집에 놀러 갔다가
얼어붙었대

대한이
소한보다 추운 줄 알았지
널 만나기 전에는

이만하면 나름
따뜻한 줄 알았지
널 만나기 전에는

내 시詩도
공허한 서랍 속의 글자일 줄 알았지
널 만나기 전에는

그러다
온도의 이름을 배웠지
널 만난 후에는

심연

며칠째
심연深烟의 밤이 계속되었다

짙은 안개 속을 걸으며
숨소리마저 젖어드는 공기 속
길을 잃은 발끝이
서성이는 마음을 닮아 간다

어둡지만 잠들 수 없어
의식의 가장자리를 걸으며
무의식의 폐부로 스며들어
한참을 헤매이다
퍼져가는 내 안의 안개

며칠째
심연心烟의 밤이 계속되었다

보름달

까맣게 타버린 하루의 끝에
달이 떠오르네요

오늘은 마음이 어지러운 탓에
가장 쉬운 일만 하기로 했는데
온종일 꽉 채워 당신을 떠올린 까닭일까요
보름달이 떴네요

눈을 감아도 선명해서
시나브로 떠올리는 내내 좋다가
당신이 있는 곳에서도
이 달이 보이려나 궁금해져
물어볼까
살며시 펜을 들었다가
아직은 조금 수줍은 손은
더디게 겨우 한마디 남기고 마네요

'오늘 달이 참 예쁘네요'

일광소독

조금 더 따사롭길
나를 밝히며
타는 듯 나리던 숨골 위의
너의 그 시선처럼

한사코 손사래 쳐도
훔쳐낼 수 없어
송골송골 눈동자 위 솟아나는 내 추억만큼이나
우쭐대며 나부끼던
모포 사이로 펄럭이는 그리움

그리움에 푹 잠겨
젖은 솜처럼 눅눅하게
오그라들고 축처져
좀처럼 뛸 줄 모르는
팡내나는 내 심장을 위해
가슴에서 끄집어내어
그리움을 건조시키는
그 일련의 무언극

널어놓은 내 심장이 바싹 말라
나리던 너의 눈빛을 따라
그리움이 증발되어 모두 너에게로 돌아가길

내 심장이 다시 뛸 수 있길
그래서 좀 더 산뜻해지길
내 손 맞잡은 광내나는 모포와의 기도
일광소독

빨래

비 그치고
마음도 하릴없이 누워있는 일요일 오후
빨랫말미 좋은 날

홀로이 젖은 마음을
하이얀 박꽃처럼 해끔히 빨아낸다

아직은 짜르르한 마음은
꽉 짜내어
하늘가 해사스러운 볕에 펼치어 널어두면

곱게 빻은 볕 내음새
올올이 스미고
마른다
마른다
날아간다
홀로이 젖은 마음
그리고 나의 외로움

일식日蝕

우연히 마주친 그대를
먼발치에 지켜보는 내 두 눈은
안타깝게도 점점 빛을 잃어갔다

속으로 안으로 자꾸만 잠식해오는 그대를
막을 길이 없어
무조건적으로 수용하던 내 심장은
어느새 새까맣게 타버리고
바라보는 것 외엔 도리 없던
그대를 추억하는 것만으로도
좀 먹어 들어가는 내 심장은
나를 가리웠다 스치듯 지나가 버린
그대 그림자조차
사랑이라 불렀다

대한大寒

24절기의 마지막
모두에게 흰 추위로
기억되는 서러운 날

움츠리고 움츠려
자꾸만 자꾸만 안으로 파고 들어가던 날
새 꽃처럼 어여쁜 네가 피어나
이 겨울의 끝을 알렸으니

외롭고 외로워
자꾸만 자꾸만 안으로 웅크리던 난
따뜻한 너를 만나
이 고독의 끝을 알렸으리

24절기의 마지막
나에게 가장 따스한 날로 기억되는 행복한 날
너의 시작

새치

어느 날 화장실 거울 앞에서
덥수룩해진 머리를 쓸어넘기다
나도 모르는 새 자리 잡은
새치 한 가닥을 보았다

언제부터 여기에 있었는지
무심코 족집게를 집어 들고 방황하던
분주한 손은
점점 움직임이 잦아들고

내 손 대신 내 머리를 헤집던
분주한 너의 손을 떠올린다

나에게 관심이 많은
나보다도 내 머리에 관심이 많은
그래서 나도 모르는 새치도 잘 찾는
그래서 작고 귀여운 손으로 그 새치를
야무지게도 잘 뽑는

너의 그 손을 생각하며
이대로 잠시 내버려두기로 한다

내일은 우리가 만나는 날이어서

시묘살이

나만큼이나 까무잡잡한
울 아비는
한 점의 뭉게구름 새하얀 담배 연기로
흩날려갔다

까끌까끌한 새 저고리에
아빌 닮아 뭉툭한 손으로
이불 한 삽 덮어드릴 제
까닭 없이 영혼 한 방울
뚝 하니 떨어지고
"아부지 한 잔 받으소"
건네는 아들의 손은
아비의 웃는 낯에
번번히 무안하였다

어느덧 푸른 상복을 입고
마음만큼이나 자란 몸이
깊은 한숨으로 흩날려간
아비의 담배 연기를 추억하며
아비의 봉분 닮은 까까머리로
이 땅을 지키고 섰는 것은
이 땅 어느 메에
울 아비가 곤히 주무시고 계신 까닭이다

첫사랑

누구에게나 있는 아련한 추억의 부스러기

스쳐가는 많은 얼굴들 중
유달리도 애틋하고 기억에 남는,
사랑이라는 감정에 대한 첫 번째 고백

마침표가 아닌 쉼표로 남아
어느 계절 문득
뒤돌아본 그 자리엔
지지 않고
항상 떨림으로 남아 시간을 가두곤 해

쉼표를 마침표로 수정하기를 꺼리며
기억이 아닌 추억으로 남겨놓는
조용히 접어둔
그 아름다운 떨림

시인詩人

너를 만나 다 글렀다는 생각이 들었다
시인詩人이 되려면
같은 것을 다르게 볼 수 있어야 한다는데
너와 같은 것만 보고
같은 생각만 그리게 되었다

손을 꼬옥 붙잡고
마음 가는 대로
시인처럼 살라는 너의 말에
펜 끝을 놀렸지만
이윽고 이렇게 너를 쓰고 있으니
너를 만나 사랑한 내 탓이다

내가 시인이 되지 못함은

생일

일상이라 칭하던 것들도
까닭 없이 서러워지는 날

일상보다도 남루한 하루

기억조차 까마득한 곳에서부터 내려오는
빗소리 따라
깜빡깜빡
점멸하는 '빈 문서-한글'의 커서

여전히 쓰고 싶은 말은
한 글자도 내딛지 못하고
채우고 싶지 않은 단어들로만
꾸역꾸역 저장해나가는

나의 5월 10일은 안녕한가

안경

멀리 보지 못해
부옇게 흐드러지고 마는 상들을
애써 부여잡느라
한껏 미간을 찌푸리며
안경을 써보기도 했다

보일 듯 보이지 않는 것들을 보기 위한
덧없는 나의 노력들은 얼마나
부질없이 허황된 것들이었나

그림자에 두 발이 매여
멀리도 갈 수 없는 나인데
안경을 벗어도
미간을 찌푸리지 않아도 볼 수 있는
가까이의 당신을
나는 왜 보지 못했나
손 내밀면 닿고 말 당신인데

인연은 의외로 가까이에 있다던데
어쩌면 그것이 당신일지도
아니,
당신이기를,

손 내밀면 닿고 말 당신이기를

장마

어둠에 묻혀가던 세상이
빗소리에 잠겨간다

창문엔 망울망울
빗방울이 깃들어가고
멀거니 서 있는
가로등 불빛 따라
그대가 부옇게 번져간다

철 따라 지나갈
덧없는 장마인 줄 몰랐나
젖어버린 내 마음은
이제는 내리지 않을
그대만 아른거려 한다

빗소리에 쌓여
빗소리에 잠겨가던 세상이
어둠에 묻혀감에

그대에 쌓여
그대에게 잠겨가던 마음이
그리움에 젖어간다

해나

온 세상이 눈으로 하얗게 덮인 날
해처럼 붉고 뜨거운 것이
내 품에 안겼다

이 세상 가장 작고 무거운 3.3킬로그램
한겨울처럼 쨍한 울음소리가
내 가슴에 콕 박힐 때
작고 영원한 짝사랑의 탄생
어쩌면 나는 너를 만나기 위해 살아왔구나

살을 에는 추위에도
널 안은 순간
내 마음엔 빠알간 해가 떠올라
내내 봄이었다

주소록

주소록의 이름을 보고도
선뜻 눌러보지 못하고
망설이는 시간만큼
우리는 서로에게서 멀어져 있었다

건넬 인사말조차 고민하게 되는 것이,
어렵사리 꺼낸 말이
언제나 고작해야
"잘 지내?" 정도라는 것이
우리의 아련한 관계를 대변한다

돌아온 대답은 언제나
"그냥… 잘 지내"
굳이 듣지 않아도 알 수 있는
나의 머리에서 이미 맴돌던 그 말이다

내 기억 속에서 풍화되어 사라질 때까지
그대는 늘 잘 지낼 것이다
의심의 여지가 없다

망설임과 설렘의 중간에 걸터앉은
나는 늘 이상하게 생각했다

내가 매일 떠올리며 마주하던 그대가,
매번 이렇게 낯설 수 있다는 것을
그 거리가 좀처럼
좁혀지지 않는다는 것을

계약서

옆자리 살포시 누워
꼼지락 손가락
가만히 간질이면

꼬물꼬물
작고 소중한 것이
내 품을 자꾸만 파고든다

해실해실 웃으며
평생할 효를 이미
일시불로 다 한 너라서

나는 그 마음을
평생 할부로 내내
아껴쓰기로 했다

이 다짐을 남기니,
너는 꽤나 오래
앞으로 받기만 하라

전입신고

한 침대에 누워
서로 다른 꿈과 미래를
한 데 뒤섞다가

세탁방 앞 놀이터 그네에서
웃음으로 흔들리며 포근해질 꿈을 기다리고
빼꼼히 고개 내밀어 남은 시간을 확인하곤
코인 노래방으로 달음박치던

새하얀 입김 흩뿌리며
전동 킥보드로 추억의 선을 그으며
나의 젊은 날들을
우리의 기억들로 덧칠해나갔던

대학로 너의 집 앞
우리의 공간
난 아직도 가끔 그곳에 살아

달콤한 간섭

봄이라는 심사가
반드시 달콤하지만은 않으련만
까닭 없이 설레는 건
언제부터인가
한가득 들어찬 그대가
간섭을 하기 시작해
성가시게도
내 삶에 자꾸만 맴도는 탓

그대가

봄을 한껏

나에게

달콤하게

이율배반

당신을 위해 할애할 수 있는 셋방은
들어와도
나가도
유일하게 내게 침범이 승인된
이만치의 소규모 공간

나를 연명하는 것이
최대의 과업인즉
그마만치면 적당하리라 믿었다

아니,
실은 믿음에 영 자신 있는 것은 아니와나
묵인하고 싶었을는지도 모른다

더 이상 당신이 침범하는 것을
막기 위함이라 하였으나
당신에게 방을 내준 건
지극히 이율배반적 행위

잠식해오는 당신을
막지 않을 것을
어쩌면 알고 있었으니

종교

새벽 어스름
푸른 공기가 창 안에 들면
어김없이 갓 지은
구수한 밥 냄새가 잠을 물린다

고단한 새벽달이 더 친근한
울 어머니는
생때 같은 삼 남매를 홀로 짊어지고도
새벽잠과 갓 지은 새 밥을
꾸역꾸역 바꿔냈다

가족을 위한 가장
거룩하고 신성한 의식

희게 피어오르는 밥 안개 사이로
어머니는 매일
밥주걱을 들고
십자가를 긋고
부처님을 찾고
천지신명께 빌었다

쌀독에 쌀바가지 텅그렁 소리 내도
한 끼 굶는 것이 쉬이 허락되지 않아

내 몸 세포 알알이 배어버린
그 밥 냄새

밥 냄새가 퍼지는 순간마다
세상은 잠시 멈추고
나는 기도한다

부엌에 있었던
나의 신,
종교를 향해

From 브리즈번

그대보다 한 시간 먼저
하루를 시작하는 나라서
나는 늘 그대를 먼저 떠올린다

그리움에도 순서가 있다면
언제나 내가 먼저였다

북반구와 남반구
서로 다른 하늘 아래 서 있던 우리는
계절처럼
별자리처럼
늘 어긋나 있었다

파아란 눈동자보다
더 멀게 느껴졌던 그대와 나 사이의 거리
마음으로 재는 열세 시간
그 시간의 틈에서
내 마음은 번번이 길을 잃었다

어물거리는 영어보다
더 어눌했던 건
끝내 다 전하지 못한
나의 고백

정성스레 꾸린 마음의 수하물은
아직 채 도착하지 못해
공항에 머물러 있는걸까

그대보다 한 시간 먼저
오늘을 살아가는 나는
여전히 연습한다
다시 만나기 위한 문장들을

그리고 기다린다
그대가 올 언젠가를

서리꽃

수은계도 중력 따라
한없이 침전하고

서리 낀 유리창 안
아른거리던 당신의 실루엣

그날도
온몸에 번진 설렘이
목을 죄어
작은 떨림으로 창 밑을 서성였고

애끓어 나지막이 흩어지던
그 하얀 숨결이
발치에 눈으로 쌓일 동안에도

당신은
바람 한 점 새들까
꼭 닫은 유리창
피어가는 서리꽃 무늬만
그저 바라볼 뿐이었다

내 작은 침입조차
허락하지 않던 당신
닿지 못한 기다림은
그 겨울처럼 하얗고 시렸다

「다정한 관찰자」

이불을 덮고 누워 천장을 바라보는 시간은
천장에 반성문을 쓰는 시간입니다
어둑한 저녁 아직 주인을 찾지 못한 택배들이
분주히 주인을 찾아가는 시간
제게는 아직 전하지 못한 진심들의
주인을 찾아주는 시간입니다

바쁜 일상 속에 치여 덮어두고
부끄러움에 덮어두었던
덮개를 걷어내고
오래도록
바라봅니다

부디 여러분도 오늘이 가기 전
덮개를 덮어두었던 진심들과
한 번쯤은 마주하시길
바랍니다

오늘의 끝, 마음의 시작 전영규

- 시인 전영규

을의 계절

차가운 공기보다
차가운 말이 더 서늘한
요즘은 을의 계절입니다

어머니는 눈물로 우시고
아버지는 어깨로 우십니다
그래서인지 어머니의 슬픔은 두 눈에 담기고
아버지의 슬픔은 두 어깨에 담깁니다

어머니의 슬픔은 슬픈 만큼
세상으로 나오지만
아버지의 슬픔은 견디지 못한 만큼
세상에 나옵니다
그래서인지 어머니의 눈물은 쏟아지고
아버지의 눈물은 흐릅니다

이기기 위한 싸움이 아닌 지키기 위한 싸움
피비린내가 진득이 배어버린
상처들 앞에 초연할 수
없기에 고개를 숙입니다

아버지의 그늘로 돌아가는 길
아무 말 없이 눈만 깜빡이는 현관 등에게 묻습니다

아버지의 요즘은 안녕하십니까

질문은 금세 나를 망각한 듯 빛을 거둡니다
침묵이 만든 어둠 속을 끝없이 헤맵니다

차가운 공기보다
차가운 말이 서늘한
아직은 을의 계절입니다

사랑 사람 삶

사랑 사람 삶
이 단어들은 생김새도 닮아
'사람을 사랑하는 것이 삶이다'라는
문장은 묘한 시각적 안정감까지 느껴진다

사람의 뾰족한 ㅁ 받침을
둥글게 하는 것이 사랑이라
사랑의 받침은 둥근 ㅇ 일까

차가운 세상일수록 옹기종기
모여 살라고 삶의 받침은
사람의 ㄹ과 ㅁ 이
옹기종기 모여 있는 꼴일까

이 펜 끝에서 사람이란
단어의 온기가 다시
피어났으면 하는 작은 바람이다

추운 겨울
바람을 실은
바람이 분다

나는 당신의 베개가 부럽다

우리는 모두 살면서 한 번쯤은
누군가의 무언가가 되고 싶다는 생각을 한다

나는 오늘 문득 누군가의 베개가
되고 싶다는 생각이 들었다
베개는 항상 곁에 있으며
가장 어두운 시간에 편안함이 되어준다

나도 항상 누군가의 곁에 있으며
그 사람의 가장 어두운 시절에
편안함이 되어주고 싶다

나는 당신의 베개가 부럽다

애틋함으로

달이 너무 예뻐서
달 사진을 찍으려고
핸드폰을 들었다

아무리 찍어도
눈에 담기는 것만큼
예쁜 달은 찍지 못했다

시간이 흘러도
기술이 발전해도
담지 못하는
아름다움이
있는 듯하다

담지 못하는 아름다움이
있어서 우리는 애틋함을
잃지 않은 걸지도 모르겠다

그런 거라면
정말 그런 거라면
아주 먼 미래에도
끝내 담지 못하는 아름다움이
남아 있었으면 좋겠다

조금은 애틋해야

조금은 아쉬워야

진심으로 아낄 수 있는 거 같아서

내일로 달려가서 너를 그려 놓고 왔어

누군가 내 인생에
서서히 들어올 때
그 설렘을 나타내는 표현 중에
내일로 달려가서
너를 그려 놓고 왔어라는
표현만 한 게 또 있을까

네가 너무 소중해서
너 없는 내일이 모레가
도저히 상상되지 않아서
네가 있는 일상이
너무도 당연해서

아직 오지도 않은 날들에
너를 미리 그려 놓고
왔다는 말

오늘까지는 인생이란
풍경에 너를 그렸지만
내일부터는 미리 그려놓은
너에게 어울리는
풍경을 그리겠다는

그러다 보면 어느샌가
너 자체가
내 인생의 풍경이 되어있는

유통기한

감정에도
유통기한이 있다

냉장고 안
오래된 음식들에게도
다 제때가 있었듯이

우리의 마음속
감정에도 제때가 있다

미안할 때 미안하다고
고마울 때 고맙다고
사랑할 때 사랑한다고
말할 수 있음은
얼마나 큰 행운인가

부끄럽고 낯설다는
변명 아래 식어가는
마음들이 있다

회색

검은색인 내가 흰색인 너를 만나
조금은 회색이 되는 걸 두려워하지 않으려고

너를 통해 발견한 내가
나도 모르던 내가 가끔은 더 나답다

학창 시절 미술 시간 팔레트 위에
검은색을 짜고 그 옆에 흰색을 짜는 순간
섞여버린 두 색을 보고 터져 나온 탄식
"아… 그리고 아?" 생각지도 못한
은은한 회색에 이상하게 좋았던 기분

오늘도 팔레트 같은 세상 위에서
너를 만나 더 많은 내 안의 회색을 발견하겠지
늘 고마워

말해줘야지

누가 내게 사랑이 뭐냐고 물으면
메모장을 보여줘야지

그 사람이 어떤 음식을 좋아하는지
어떤 음식을 못 먹는지
어떤 계절과 무슨 색을 제일 좋아하는지
무엇을 할 때 가장 밝게 웃는지가
빼곡하게 적힌 긴 메모를 보여줘야지
그 메모 사이사이 담긴 내 웃음소리도 들려줘야지

따듯한 물에 우러나는 찻잎처럼
느린 시선으로 너를 담고
느린 호흡으로
내면에 가득 차오르는 너를 기억해야지

메모장을 가리키며
이게 아마 사랑일 거라고
조금은 망설이는 듯하지만
확신이 묻어나는 목소리로 말해줘야지
어느새 나도 모르게 웃고 있는
나를 발견하고 멋쩍은 미소를 지어야지

주름

나의 이야기에 환하게 웃는
너를 보며 생각했다
예쁘게 접히는 눈가와
귀엽게 파인 입가를 보며
주름은 세월의 흔적이 아니라
행복의 흔적이자 웃음이 만드는
지도가 아닐까 생각했다

너는 싫다며 손사래 치겠지만
정말 주름이 행복의 흔적이라면
차라리 네 얼굴에
주름이 가득했으면 좋겠다

먼 미래에도 애써 가리려 하지 않고
환하게 웃었으면 좋겠다
예쁘게 간직했으면 좋겠다
행복의 흔적이자 웃음의 지도인 그 주름을

낮에 뜬 별

오후의 하늘에
별빛이 희미하다 한들
그 존재를 부정하는 사람은 없지
수많은 별들은 밤이 되면
언제 희미했냐는 듯이 밝게 빛나

지금 빛나지 못해도 자책하고 우울해하지 말자
우리는 낮에 뜬 별이기에
우리의 밤이 오지 않았을 뿐

깊고 어두운 회의가 밀려와도 슬퍼하지 말자
그 어떤 침묵보다 깊은 어둠으로 너를 더 빛내줄 테니

우울

우리는 모두
울음으로만 대화하던 시절이
있다

작은 요람이
세상의 전부였던
모두가 우리의 울음에
귀 기울이던
그런 시절이 있다

배가 고플 때도
아플 때도
슬플 때도
그저 우는 것 말고는
할 수 없었던
그럼에도 사랑받았던

울음이 옹졸하게 여겨지고
창피하게 느껴지는 요즘

저는 당신의 울음이 궁금합니다
저는 당신의 울음을 기다립니다

적당함

난로가 따뜻함이 될지
뜨거움이 될지 결정하는 건
적당함이다

우리는 본능적으로
난로를 쬘 때
너무 멀지도
너무 가깝지도 않은 거리에
자리를 잡는다

너무 가까우면 타버릴 테고
너무 멀면 따듯하지 않을 테니까

우리는 친밀함을 느끼는 사이를
가까운 사이라고 소개한다
마음은 이 난로와 같아서
적당함을 넘어서 가까워지면
데기 마련이다

그래서 나는 적당함을
아는 이들이 좋다
너무 멀지도
너무 가깝지도 않은 거리에서

나와 온기를 나누는 사람들
그 적당함이 좋다

바람이 분다

너라는 바람이 분다
너라는 파도가 친다

자연은 위대하고 황홀한 것인데
너도 자연을 닮아가는 것을 보니

너 역시 내게
위대하고 황홀한 무언가
되어가는 중인가 보다

지평선

사랑을 잡아본 적이 있나
사랑 그것을 마주해본 적이 있나

사랑
그것은 지평선 같아서
아무리 헤엄쳐도
잡힐 듯 잡히지 않고
멀어진다

사랑
저 너머에 잔잔함

사랑은
지평선이다

아무리 다가가도 잡을 수 없지만
뒤돌아 마주한 그 넓은 바다
그 자체가 사랑의 깊이이자 넓이다

여름의 단상

매미 울음
뜨거운 여름 공기가
만들어 낸 파열음 사이를
가로질러 뛰던 어느 여름날

숨을 고르며
그 시끄러움 속에
고요히 멈춰 섰다
그저 소음으로 여기던
그 소리가
처절한 외침으로 다가와
나를 부끄럽게 했다

언제였을까
무색무취의
인간이 된 때는

타인의 입맛과
타인의 보폭에
따라 걷게 된 것은
어느 해부터였나

나의 목소리를

저 매미처럼 목놓아
외쳐본 것은 어느 해가
마지막이었나

진짜 나의 목소리는
어느 계절에 두고 왔나

너라는 습관

달이 동그랗다는 사실을 알게 된 뒤로
반달을 보면 나머지 반을 채워 넣는
습관이 생겼다

너라는 사람을 알게 된 뒤로
거울 앞에 서면
거울 속 내 옆에
너를 그려 넣는 습관이 생겼다

너는 내게 다가와
세상에서 제일
완벽한 습관이 되었다

발자국

문득
발자국이 모여 길이 되는 것은
참 근사하다는 생각이 들었다

어릴 적 아버지는 등산을 가면
"힘들면 아빠 발자국을 따라와"
라고 하셨다

그 순간만큼은
발자국들의 나열이
내겐 하나의 길이었다

내가 걷는 길에 의구심이 들 때면
나의 발자국이 누군가에게
훌륭한 길이 되기를
나를 따라 걷게 될 이가
아름다운 여행을 하기를

나의 여정이
누군가에게 올바른 이정표가 되기를
진심으로 바란다

흉터는 덜 상처받기 위해 남는구나

흉터는
덜 상처받기 위해
남는구나

내 왼손 중지 끝에
작은 흉터
다 나은지 어느덧 오래이지만
가끔은 아파진다

그 통증이
한 번 상처 입은 곳은
다시는 다치지 말라는 경고일까

시간이 해결해 주길
바라는 것 말곤 할 수 없던
그 상처가
그 상처가 남긴 흉터가
말을 걸어온다
잊지 말라고

이것이
상처의 역사인
흉터가 남는 이유

침묵

소리는
울림이 있는 곳에 있지만

침묵은
어디에도 없으며
어디에든 있다

소리는
딱 그 울림만큼
알고 있지만

침묵은
어떤 것도 알지 못하면서
동시에 모든 것을 알고 있다
모든 소리의 끝은 침묵이기에

침묵은 때로
소리보다 많은 것을
들려준다

유언

사람은 언젠가 죽고
사람은 언제든 죽습니다

사람은 언젠가 죽습니다
그러니 상처받지 마세요

사람은 언제든 죽습니다
그러니 상처 주지 마세요

지금 죽으면
방금 건넨 말이 유언이
됩니다

그 말은 유언이 되기에
충분했습니까

저 또한 지금도 유언을 뱉고 있는 중일지도
모를 일입니다

감정의 발톱

양말 속
툭 튀어나온 불청객
불편함에 양말을 벗었다

죽은 세포라면
차라리 자라지 않았으면
좋을 텐데

문득
'감정에도 발톱이 자라지 않을까?'

아픈 감정
슬픈 감정
식어버린 행복함
여러 감정들이 죽어
쌓인 감정의 무덤
감정의 발톱

양말로 덮어놓고
모른 척하면 언제가 나를
상처 입게 할

묵묵히 발톱을 잘랐다
상처받지 않으려고

작은 어깨

거실 소파에
가운데 앉아
손가락 두 마디만큼의
틈새로 볼 때면 다 담을 수 없던
큰 어깨가 있었습니다

더운 여름에는 그늘이 되고
추운 겨울에는 담요가 되었던
태산 같기도
파도 같기도 했었던
작은 문틈으로는 다 볼 수 없던
큰 어깨가 있었습니다

따라 걸었습니다
큰 어깨를 보며
하염없이 걸었습니다

거실 소파가 낮다고
느껴질 무렵
작은 문틈 새로 다 보이는
작은 어깨가 있습니다

이제야 앞서 걸을 준비를 합니다

먼저 걸을 용기를 냅니다
부디 내 어깨도 큰 어깨이기를
바라봅니다

쉼표, 끝내 다 하지 못한 말

"엄마, 저 오늘 학교에서 발표도 하고,
반찬도 안 남기고,
받아쓰기도 백 점 맞고,
칭찬도 받았어요!"

쉼표, 그 기쁨의 연장

"나를 스쳐 간 사람아,
미안했고,
고마웠고,
많이 사랑했다"

쉼표, 그 아쉬움의 흔적

마침표가 올 자리에 쉼표가 왔다
마침표를 찍으려다 아쉬워서,
기뻐서,
슬퍼서,
꼬리에 꼬리를 달았다

한 마디만 더
한 번만 더
마침표에 꼬리가 생겼다

각자 저마다 다른 이유로
마침표가 되지 못한 것들,
쉼표

꽃샘추위

20대
청춘이라 불린다
푸를 청, 봄 춘
푸른 봄

정말 그러한가
모두에게 봄이었나
봄이라기엔
때론 너무도 추웠던 그 시절은
봄이 오기 전
겨울이 부리는 질투
꽃샘추위

긴 겨울을 지나
고개 내민 그곳엔
어두운 흙 속에서
그리던 꽃밭은 없었다
황량했다

황량한 터전 위
나는 꽃샘추위 속에서
나만의 씨앗을 심는다
희망을 심는다

나의 봄을 꿈꾼다

청춘
그 이전에 꽃샘추위

바람이 불면

바람이 불면
바람이 거센 만큼
휘청이기를
한 번도 휘청이지 않고
자라는 나무는 없기에

겨울이 오면
추운 만큼
떨기를
한 번도 떨지 않고
맞이할 수 있는 봄은
없기에

눈물이 차오르면
하염없이
울기를
한 번도 울지 않고
막을 내리는 인생은 없기에

그렇게
고난을 고스란히 간직한
굽은 소나무처럼
세월을 그대로 담고 있는

둥근 나이테처럼
가감 없이 담아 보겠습니다

그 모든 순간을
선물로 여기고
배움이라 부르겠습니다

그렇게
빛나보겠습니다

나이를 먹습니다

살기 위해 입에
밥을 욱여넣는 것처럼
변하는 세상 속에
등 떠밀려 시간을 한 숟갈
퍼먹습니다

일과에
활력을 불어넣는 식사가
그저 죽지 않기 위해
행하는 의식처럼
여겨지지 않게
밥숟갈 위에 얹는
반찬처럼

지난날이
그저 욱여넣은
삶의 파편이 아니라는
생각이 드는 것을 보니

제 시간 위에도
반찬을 닮은 소중한 것들이
올랐나 봅니다

세상에 등 떠밀려 달려온 시간 속에도
소중한 이들이 있었기에 다행입니다

정적인 생동감

한 획을 긋습니다
검은 잉크가 갇혔습니다
한 획을 이어 긋습니다
잉크는 따라 움직입니다
글을 써 내려갈수록 잉크는
그 안에서 갇히고 또 탈출하기를 반복합니다

나의 글은 나를 닮았습니다
정확히는 또 다른 나입니다

빨간색으로 써도 글은 글입니다
삐뚤빼뚤 써도 글은 글입니다

그래서인지
조금 못난 나도
조금 별난 나도
그저 나입니다

내가 쏟아낸 나는
하얀 세상 위에서
갇혔다 탈출하기를 반복합니다

갇혀있음에도 생동감이 넘치는 것은

스스로에게 하고픈 말이 많아서인 듯 합니다

세상 가장 정적인 생동감, 글

다정한 관찰자

사랑한다는 건 이 세상에
다정한 관찰자가
한 명 더 생기는 일

내게는 희미해져버린
유년 시절을 기억하시는
부모님의 추억 속에

나는 모르는
내 사소한 습관을
알고 있는
친구들의 관심 속에

나는 볼 수 없는
내 잠꼬대를
사랑으로 바라봐 주는
연인의 시선 속에

사랑이라는 이름 아래
살아 숨 쉬는
지난날의 나

사랑한다는 건
다정한 관찰자가
되어주는 일

「습기 찬 사랑」

이제는 내가 네 생에 아무 의미 없더라도
네가 슬퍼한다는 이유만으로 죽기가 싫다

- 시인 이지인

습기 찬 사랑

우리는 자주 호흡하는 법을 잊었다

서로의 곁에 있으면 과호흡이 와
심장께를 쥐고 뜯었다

자꾸만 욱신거리는 통증은 실존을 증명했고
나는 그것을 증오했다

얼어붙은 공기 중에 흩뿌려지는 입김이 싫어
형체도 없이 분산되고는 입에서 또 쏟아져 나오는 숨이
역겨워

울고 싶다 삼키고 싶다 가라앉고 싶다 바다로……

바다에 가고 싶다

아가미가 있다면

내 마지막 숨은 파도의 포말이 되고
폐로 엄습해 오는 바닷물

21세기 염해의 희생자 심해로의 투신자
나락 끝엔 희망이 엄존한다

우리가 머문 사랑에는 습기가 잔존하고
비로소 증발한다

영원한 이별로 겨울날 사랑을 가식하고 싶었다

천문학

마루에서 풀벌레 소리 선율로 삼아
별 하나하나 짓씹던 여름
우리는 계절을 타고 사랑에 취해서
마음을 전하는 방도가 이레 없이
외곬으로 하늘뿐이었다
북쪽 끝에서 일곱 번째 별에는
내 이름 석 자를 새기고
남쪽 끝을 내달리는 별에는
네 소망을 담곤 했다
나란히 누운 둘을 투영하는 것은
또 다른 우주에 우리를 수록하는 것이었고
저 천공에 서로를 칠하는 일이었다
종종 네 소망에 의문을 품던 내게 차마
답해 주지 못하던 하루가 상기된다
괜찮다 닿지도 않을 거리에
너를 담기가 패씸했으니까
고개를 틀면 네 동공에 우주가 펼쳐져 있었다
낙원에 걸린 수많은 별 중에서
네 이름 하나 정도는 없어도 된다
네가 내 우주여야 하니까
네가 그런 눈으로 쳐다보면서
우주를 다 줄 수 있다고 속삭이면 뭐 해
자멸할 나를 네가 구원할 리가 없는데

이만 마칠게 하강하는 북쪽 별을 잘 봐
투신하는 내가 은하수에 가려 서사를 끝맺는지
여름의 끝에 내가 내달린다
유성우가 떨어진다

해피 데스 데이

네 동공 속에서 터지는 폭죽을 마주한다
절망이 축제로 이어지는 순간을 쥐어본다

해피 버스 데이

이어지는 이명
전생의 연인이 죽어 울린다는 구설

병실 안 천장에 덕지덕지 발린 새하얀 눈을 본다
맥박은 초침을 놓치고 애꿎은 심장을 해한다

생일 축하해

헐떡이며 녹아내리는 촛농을 분다
폐 안 가득히 매캐한 연기가 차오른다
손바닥의 마찰음에 밭은 숨이 묻힌다

절명을 고하며

Merry Christmas

지난 겨울에 산 남색 장갑을 나눠 낀다
맞잡은 열 손가락에 12월이 아늑하게 녹아든다

첫눈을 함께 맞는 이들은 반드시 연인이 된다는
아날로그 시대 패러다임 그러나 역설의 형태

시리게 서린 성에는 저온의 꽃을 피우고
손끝을 빙빙 돌던 열기는 차창의 눈꽃을 녹인다

네 이름과 나의 검지가 적당한 온도를 나누는 사이

정성스레 포장된 사랑을 선물로 건넨다
반환된 외사랑은 갈피를 못 잡고 이내 돌아온다

눈물의 케이크를 포크로 마구 찌르며
싸구려 담배의 단내에 입맛 다시며

헤쳐 닳아 버린 리본을 여러 번 고쳐 매며
돌아오지 않을 한 해의 성탄절을 두세 번 접으며

맹목적인 동사를 비틀어 본다
마음만은 올바르게

사랑하는,
너는 내가 본 가장 원색의 겨울이었어

몽유夢遊

매일이 자멸하는 과정이다
부재 속에 유폐된 나는 구원만을 중추에 박고
나날이 죽어갔다

여태 잔잔한 바다를 그저 유영했다 생각했지만
실은 해저 없는 심해를 방랑하고 있었던 것이다

제아무리 발버둥질해 연신 밭은 숨을 내뱉어 봐도
끝없이 가라앉는 게 그 시절 사랑이었다

이루어질 수 없는 사랑이 애증으로 변질되는
일순간에도 내 어린 순정은 결핍을 낳았고

또다시 덮치는 파도에 모래성이 부서지듯
내 속내도 부패되어 잠적하는 듯했다

그 겨울 허기에 그 애를 파먹을수록 나는 굶주렸고
다 피워 타버린 꽁초는 종지에 넘쳐 나뒹굴었다

식사 후에는 꼭 담배를 피웠다

한 개비가 그 애 엄지, 한 개비가 그 애 발목...

꼭 목을 졸라 죽여 달라는 개의 울대가
여러 번 일렁였다

너 하나 죽는다고 지구가 멈추는 줄 아니

하지

하늘이 달린다

조약돌에 살며시 발을 포개고
라일락과 눈을 맞춘다

시원하게 흐르는 시냇물
귓바퀴를 탁 치고 돈다

언젠가 윤슬은 해를 가려주던
너의 손가락 사이사이를 닮았다고 생각했다
광휘롭게 헤엄치는 태양

나의 사랑은 계절을 타고

네가 왔다
여름이 온다

012792

무너져 내리는 노을을 뒤로하고
물든 지하철이 지나간다

유일하게 숨을 쉬는 곳은 한강대교가 된다
내달리며 네가 나를 볼까 노심초사하지만

유년 시절 지독한 약속처럼
열대야에 잠 못 이루는 밤처럼
필수 불가결인 중력처럼

내 사랑은 여지없이 녹아들 것

몰락하는 태양을 동공에 새긴다
내일은 또 다른 해가 뜨겠지만

나 너랑 지구인 할 수 있어서 기뻤어

공백

영원을 내뱉자
의미가 없는 것은
무책임하게 곱씹어도 되니까

영원 영원 영원
영원을 염원

정신적 질환은 사랑으로부터
모든 감각들의 환희
환각과 환청

휘갈긴 글씨
휘발된 얼룩

바싹 마른 엽서

우리가 툭하면 나누던
지겹고 뻔한 사랑 놀음

메말라 있다

열 개의 달

시간이 흐를수록 넓어지는 손톱의 면적에서
너를 사랑하는 내 마음을 비춰 본다

엄지를 가로로 눕혀서 바라본다
엄지를 세로로 세워서 바라본다

어느 쪽으로 기울이든
내 두터운 손가락이 너를 죄다 가린다

이제 너보다
너를 사랑하는 내 마음이 더 크다

사랑은 죄악인가?

자라나는 살덩이와 희멀겋게 차오르는 반달

내 마음이 너를 압도해 버려서
더는 너를 볼 수가 없으면 어쩌지

이런저런 죄목으로
엄습하는 불안으로
사랑하는 마음으로

잘근거리며 죄를 뜯어 먹는다

엉성하게 잘려 나가고
군데군데서 혈흔이 비치면

그 너머에 네가 다시 보이는데

얼룩진 속내와 섞이는 네 잔상에
희열을 느껴야 하는지
울상을 지어야 하는지

자라나는 살덩이와 희멀겋게 차오르는 반달

부패해 버린 내 사랑이 무색하게

자라나는 손톱
그리고 마음

초속 34미터 고백

매화를 따다 네 뺨에 부빌게
발그레 상기된 두 볼 가득 꽃가루가 낭자하다

제 모습이 어떤지도 모르고
고운 입꼬리는 은근히 호선을 그린다
현세 춘삼월 채색된 만물이 너울거리는데
네 미소는 무척 쓰라리다

방향을 잃고 정처 없이 유랑하는 난춘
반하여 홀로 적요하고 괴괴한 아양을 선사한다

춘풍이 네 넋을 건드리면
네가 회답하듯 연신 콜록댄다
화분을 들이마셨나 보다
호흡 깊숙이까지 스며들어
속에 배어 버렸나 보다

어쩌지
나는 이제 너를 마주할 때마다
매실을 따고 싶을 텐데

손짓으로

사람이 말을 하면 들어
사랑이 마를라면 질려

미안해 나는 귀가 없어서

사랑이 마르려면 질려야 한다고?

그래 나는 네가 질려
그래 너는 내가 질리구나

내가 귀가 없어서
사랑도 없고
마음도 없는 줄 아는구나

나도 네가 하는 말이라면 듣고 싶었어
너라면 들릴 줄 알았어

내가 읽는 게 정답인지 아닌지도 모르는 채로
너라면 사랑하고 싶었어

12월 32일

눈 내리는 새벽 안에
낭만이 가득하다

우리 사랑은 쏟아지는 눈에
파묻혀 꽁꽁 얼어붙은 채로

새순 돋아나기 전까지는
영원했으면 유효했으면

버석하게 내리는 눈은
도시의 소리를 한없이 흡음하고
고요한 새벽녘을 또 맞이한다

외로운 연주회

아무도 우는 법은 알려 주지 않는데
우리는 자주 운다

하늘도 소리 내어 연주하고
토독토독 일정한 음율

우는 소리 소음이라고 여길 필요 있는가
눈물은 모든 감정의 산물

소리를 참고 우는 법은 배우지 않았는데
우리는 늘 소리 없이 운다

소리 내어 울어도 된다는 말에도
목소리를 잃은 까마귀처럼 울지 못했다

슬퍼하는 자는 복이 있다던데

살아 생전 단 한 번도 슬프지 않았던 적이 없어
희미한 빛조차도 손아귀에 잡히는 법이 없다

억누르는 힘에 사지를 맡겨
옥죄는 고통에 익숙해지기 전에

또
르
르

복 주지 않아도
행복을 바란다

비상

어째서 감히 겁도 없이 사랑을 할 생각을 했어요?

우리는 계속 추락할 거예요
엉성한 날갯짓을 하면서

멋대로 2099년을 기약하다가
지구가 멸망할 거예요

그럼에도 골백번 뛰어내릴 거라고
낯선 별에서 기다리고 있겠다고

사랑이 아니라면
시도조차 못 할 일들을 해내면서

당신만 있으면 겁낼 게 없다고 하지

Home sweet home

천사처럼 내려앉는 눈송이
멍하니 바라볼 수밖에 없었다

언제나 돌아갈 바다가 있다는 이유만으로
그곳에는 오지 않을 텐데 곱씹으며

듣기 좋게 울리는 낮은 종소리
나의 해저 깊숙한 곳에 오래 자리해 있다

지난 겨울의 폭설에도
나를 내놓음에 스스럼이 없던 것

고향의 바다는 그래서 따스하게 느껴지는 걸까
바닷물이 이렇게나 짠지 내내 몰랐다

망가진 태엽을 돌리는 방법에 대해서

고쳐 쓸 수 없는 사랑에서는
어린 날에 소중히 여겼던 장난감의 냄새가 난다

동난 마음에 불어 넣은 첫 키스는 점화가 되어
꺼지지 않는 불씨라고 키득대며 고백했다

눈을 감고 터버린 손등의 쓰라림을 안아주고
귀를 막고 건네준 목도리의 온기에 녹아내리고

사랑이라는 세뇌는 왜 이렇게 달콤한 거야?
네 흔적이 없는 곳에서도 비통한 통증을 느껴

네가 그리는 나중에는 나의 부재만이 잔재한다
찬란한 미래를 만끽하는 자와 사치를 기대하는 자

헌옷수거함 빙빙 돌다가 곰 인형 하나 넣지 못하고
새까만 두 눈을 마주하고 엉엉 울어버릴 것이다

동의어

유서를 한 줄
네게 쓰는 편지에 한 줄

네가 미울 때마다
어떤 표정을 지어야 하는지 모르겠어
얼굴에 자국이 남았는데 간지러워서 만지게 돼

사실은 나 사랑하지?
마음에 들어 일부러 그런 건 아니야

재채기하는 법은 이제 잊으면 안 돼
중요한 말이 남았는데 나도

사랑해 하고 부르는데
네 이름이 아닌 걸 알고는 아차 싶다

알 수 없음

3월 29일
기다리다가 꼬박 잠들었어
꿈에서 보고 싶다는 말을 드디어 전했네

4월 4일
만날래?
못 만나는 거 아는데 만우절이니까 혹시나

5월 3일
생일 축하 부탁해
아주 많이 지났지만 내가 태어난 날이잖아

5월 6일
생일 축하해
네가 안 챙겨도 나는 챙겨
의리가 있지

11월 17일
춥다
네가 주는 핫팩 진짜 뜨거웠는데

12월 31일
언제 와?
내가

1월 1일
이렇게나 너를 맞이하고 싶어 하잖아
얼른 와
네가 6년은 더 느려
너만 영영 열여섯인 건 싫어

다큐멘터리 영화

우리는 절멸될 것이다
그러니까 우리가

서로에게 오점이라는 총알을 박고는
이 시대의 마지막 사랑을 흥얼거린다

인류의 편지에는 눈물 자국이 발견되기도 하고
애정이라는 단어와 증오라는 단어가
함께 나타나기도 한다

동족 중 한 명과 종류 불문의 언어로
똑같은 말을 내뱉으며

사람이라는 생물이 가진 재능이
사랑이었던 것으로 보인다

이어지는 구시대의 기록
빨갛게 젖어가는 주연 둘
어두컴컴한 엔딩 크레딧

종전에는 이랬더랬지
결국은 저랬더랬지

평점을 기대하지는 말자
그런 대단한 사랑을 했나 우리가

소나티네 아니어도

레트로 분위기로 가득 찬 상가들
미리 준비해 온 블루베리 한 움큼
파도 소리 잠잠해지면
솔솔 불어오는 샛바람
라디오 속 끊이지 않는 웃음소리 들으며
시시콜콜한 이야기 하나 둘 나누고
도저히 사랑 않을 수 없는 것들

계이름을 다 외운다는 것
당신과 연주할 사랑이 잔잔히 시작된다

목적지에 도착했습니다

거칠게 남은 스키드 마크
잇새로 폭죽처럼 터져나오는 파열음

굉취해 보이는 걸음걸이
삐끗하는 사이

수직 낙하
의구 012 번지 486로

시선을 따라 끝으로
뒤집어진 모래시계의 실루엣이 흔들린다

정신 차리고 보면
지옥의 한가운데

안전 벨트 미착용 알림음
신호등이 다리 위에 떠 있다

내 눈길은 늘 네게 맞춰 있는데
영점 조절 후에 처음 보는 광경이 파국이라니

낭만적 회귀

세상은 괴리의 연속
염세주의적 인생을 헤엄치며
순정과 낭만을 옭아매는 건
수중에서 아가미 없이 뻐끔거리며
호흡하는 부질없는 행세
현세에서의 끝사랑은
내세에서는 첫사랑
나풀거리는 나비 향이 스치면
시간을 초월해 볼까
영겁의 세월 하나하나 세어
내 사랑이 얼마나 항상성을 띠고 있는지
지난 생에서부터 사랑했다고 말해야지

야음에게

내가 생채기 하나 없이 자라다가 닳아버려서
현실을 온전하게 받아들이는 게 잘 안 돼
바람에 날리는 재가 되고 싶다는 생각을 하다가도
온실 속 해바라기가 나와 닮은 피사체 같다가도
내가 하고 싶은 게 실은 이런저런 게 아니라
시간을 죽이는 몽상인가 해
밤이 너무 좋아서 두려워하는 말 이해해?
나는 줄곧 그런 마음으로 너를 아꼈던 것 같아
내게는 불안을 타파하고 용기를 내는 것 따위지만
그게 네게는 음습하고 거북한 고백으로 남을까 봐
몽니 궂은 바람들이 잇새로 터져 나올까 입을 막고
모르고 싶었던 이미 아는 사실들을
몇 밤을 보내 가며 꼭꼭 씹어 삼켰어
내가 기백 넘치게 외치는 말이
누군가에게는 멍울이 된다는 것
사랑의 이면을 감내하는 건 아직은 어려운 일이네
어쩌면 무궁히 그럴지도 모르겠지만
손길 한 번이면 머지않아 사랑하게 될 거야
이런 형태의 사랑도 있구나 마다하지 말아 주라

빈혈이 사랑의 반증이라면

붉은 실이 운명과 인연을 이을 때
볼품없이 끊어진 연

당신만 좇던 나의 정맥에는
온갖 욕망과 갈망 따위가 녹아들어 있는데

언제나 맹목적인 사랑을 하는 건 나였고
죽을 것처럼 달려들고 매달리는 법밖에 몰랐다

반쪽짜리 마음을 쪼개 공혈하면
한계가 없는 수혈이 시작된다

나를 들이고 맥을 지분거리는 모습
네 속을 헤집는데도 피는 돈다

사연자의 첫사랑

고해합니다 제 긇은 마음에 구겨진 여름을 심고는
했었습니다 무엇과도 맞바꿀 수 없는 연인 사이를
바란 것은 아니었습니다 다만 들꽃 하나에도 울렁
이는 멀미를 아무 감응 없이 덮고 싶었습니다
제 심장은 텅 비어 있어서 값싼 사랑에도 쉽게 동하
곤 했습니다 올해가 가고 올 해가 드리워질 때쯤 편
지를 쓰고 싶어 이제 올립니다
청춘을 채색해 주서서 감사했습니다 올해 첫눈은
작년보다 일찍 발걸음한 걸 보아 그리워하는 마음
이 더 간절한 것으로 간주하겠습니다
눈으로 회신할 수 없어 유감이지만 내가 했던 사랑
이 풋사랑은 아니었음을 전합니다

필히

서로의 플레이리스트 속 노래들은
아무도 모르는 비밀 암호

우리네 청춘을 헌책방에서 사고
빛바랜 도서에 대고 안부 인사

처음 신는 장화 두 쌍의
상큼하고 시원한 페어 댄스

길가에 핀 능소화
오래오래 망막에 새겨

마주 잡은 손깍지 헐렁해질 때쯤
심장 간 거리는 좁혀진다

남은 버스 시간 흘끔대며
옅어질 향기에 취해 보고

마지막으로 네 눈을 맞추면
사랑해야겠다는 의무감이 피어오른다

공생

인파 속에 묻혀서 웅성거리는 도시보다는
여과성 언어를 끊임없이 주고받는 한적한 산중이 좋아

푸르른 대화를 나누고 싶어서
참나무 숲속에 드러누워 조용히 귀를 기울였어

상쾌하게 웃으며 반겨주는 게 좋아서
굴러다니는 도토리와 함께 널브러졌어

불가사의한 사이라고 해도 이제는 뭐라도 되자
내가 내쉬면 네가 들이마시는 관계

자연의 섭리 따위의 것들은 잊고
곰팡이 같은 사랑을 해 볼래?

우리가 단단한 흙에 묻혀 가루가 되어
또 무언가의 양분이 된다고 해도
화석 같은 사랑을 해 볼래?

기꺼이 천사

왜 그렇게 편안해 보여
무슨 꿈을 꾸고 있는 거야

떨어지기 싫은 건 아니지?

내가 빛의 속도로
너를 추월할 수 있다면

아마 네 손을 잡고
백날 곤두박질칠 수 있을 텐데

꼭 나여야만 하는 이유가 있어?

그런 거라면 지금이야

플로리오그래피

그때의 우리는 어디로 가 버린 걸까
되찾고 싶은 마음에서 비롯된 몽유병

마음을 저버린 건 나면서
네가 나를 미워한다고 투사하는 것

각인된 은빛 족쇄
약지에서 흐르는 끈적한 죄책감

내가 두고 온 게
손에 쥐어졌던 꽃다발인지
뒤꿈치가 해진 단화인지
변이가 시작된 인영인지

그게 아니고 사람이었던가
몸에서 알록달록한 상혼이 피어난다

이제 와서 그 꽃말은 알 필요도 없고

만세를 외치자

창공을 나는
하얀 비둘기를 보고
너를 떠올렸을까

희소성을 띠는 것들에 대한
무한한 동경과 갈망

평화를 누리다 문득
휘날리는 태극기를 보고
너를 떠올렸을까

주름 하나 없이
불어오는 바람을 타기까지

아무리 손을 뻗어도 닿을 수 없는 하늘
이제서는 도달할 수 없는 우상의 위상을 닮았다

현대 사회의 구성 요소
누군가의 생애, 사랑, 분노

무너지는 나라 위에
수많은 사람이 만세를 외친다

왼손의 약지들이
드높은 그들을 스칠 때

우리는 하늘 하래 서 있었다

환상통

사랑에 만약이라는 게 있다면
내가 오래오래 앓지 않았을 것이다

그것을 겪지 않고는
녹아내리는 혀끝을 마주할 수 없고
밀려오는 구토감을 느낄 수 없기에

심장이 오작동하는 경우도 있습니까?
이식된 심장에는 사랑 경험이 없습니다만

일종의 기시감
이를테면 이별의 아픔 같은 것

파블로프의 개처럼
만질 수 없는 고철 심장을 달고

보고 싶다는 말을 참느라
입안이 다 헐었다

「극지를 위한 증명」

사람이 거의 살지 않는 지역의 이야기를
우리의 삶과 연결을 시켜보았습니다
북극과 남극 두 양극단의 여정을
시의 흐름으로 표현해보고자 했습니다

- 시인 최은유

북극점을 위한 증명

대전제
삶은 북극 위에 서 있고,
죽음은 남극에 닿는다

공리
북극은 북위 90도,
남극은 남위 90도를 뜻한다
북극에서 남쪽은 전방위,
모든 길이 그곳으로 향한다
정답은 문제에 대한 바른 해답이다
삶은 문제의 연속이며,
흐르듯 해결을 향해 나아간다

정의
북극에서 남쪽은 모든 길이며
모든 길은 결국 정답이다
삶은 끊임없이 문제를 풀어가는 여정이다

명제
모든 길은 정답이다

결론
태어나 흐르는 순간부터,

소멸로 향하는 물결 속에서
우리는 북극 위에 서 있다

전방위의 길 위에서,
흩어진 빛과 그림자를 지나
어느 길을 가든
모든 발걸음이 의미를 품는다

죽음이 남극에 기다릴 때까지,
삶은 모든 방향으로 흘러간다

유빙 한 잔

언젠가 녹아
사라질 운명이지만

더 큰 세상을 보고 싶어 하는
작은 존재

해류에 몸을 맡겨
세상을
담고자 한다

태고의 얼음 속
억겁의 시간이 담긴
소멸적 존재

그 순간의 영원을
삼키는 순간

신선하고 퍼런
노스탤지어가
스쳐 지나간다

빙하의 진실

빙하 위에서는
소복이 눈이 쌓인다

천년의 고독을 견디고
피어난 푸른빛
그 속에서 마주치는
무수히 많은 공기방울들

저마다의 슬픔과
저마다의 절망을
안에 품은 채

우리가 보는 건
그저 장엄한 빙하

오늘도 빙하의 시간은
깊어져 간다

반反 영구동토층

얼음 속 갇힌 숨
서서히 금이 간다

하루의 온도 차
마음의 깊이를 달리하고

쓰러지기 시작한 도미노
바람을 가르는 효시의 소리

모든 것이
흔들리기 시작한 이곳에서
나는 묻는다
어디까지 기둥을
더 내려야 할지

내리고 내려도
계속 물이 차오르는
영구동토

크레바스

처음엔 작은 틈이었다
누구도 신경 쓰지 않는
작은 틈

하루, 매서운 바람
이틀, 멀어진 지각

시간이 지나며
건너지 못할 큰 틈이 되었다

보듬어 주지 못한
우리의 슬픔

결국
다른 사람을 집어삼키는
크레바스가 된다

백야의 시선

영원한 낮
끝나지 않는 마라톤처럼
태양은 나를
끊임없이 추격해 온다

태양은 위에서
날 내려다보고
설원이 반사한 빛은
날 올려다본다

지치고 지치지만
이 설원에서
나는 점점
가라앉고 있다

바렌츠의 고발

설원을 달리는 경주마
무거운 무역품을 지고
정면을 쳐다보는 생기 잃은 눈
일렬종대로 달려진다

쓰라림의 잔향이 나를 스치고
정작 눈앞에 보이는 건
백야… 백야…

백야의 무거움 속
우리의 무게는
한없이 가볍다

어떤 이는
이 일렬종대가 반복된다고 한다
같은 구성 속에서

과연 그런 것일까
영원한 회귀 속
우리가 찾는 태양

꺼져 앉는 신뢰의 길에서
결의로 끌어모으는 신뢰는

손대지도 못한 무역품과 함께
추락해 묻혀버린다

나는 말할 수밖에 없었다
우리가 맹목적으로 쫓는 이는 무엇인가
우리 앞의 설원은 우릴 쫓고 있는가

제트기류의 곡선

기류 위에 내 몸을 맡긴다
기류 위에 흘러가는 자아들
소용돌이치며 곡선을 이룬다

영원히 끝나지 않을 레이스
서로를 잡아먹으려 하는
여러 자아들

바람과 함께 녹아내리며
뒤섞이는
나의 자아들

점점 빨라지는
안개와 소용돌이 속
모아진 듯
아닌 듯

여러 개의 페르소나,
제트기류는 끝나지 않는다

쇠르보그스바튼

고개 돌려 위로 보인 건
절벽 위의 호수
(0,호수)에서 (0,바다)로 흘러가는
아찔한 물의 수선

올라와 내려다본 건
나란한 노을
(호수,0)에서 (바다,0)으로 흘러가는
평행한 빛의 지평선

한없이 수직으로
한없이 수평으로

$y=-x$

엘리다예이의 사냥꾼

푸른 도화지 위
초록 점 엘리다예이

초록 점 위
붉은 오두막

엘리다예이의 오두막 속
쌉쌀한 총과의 조우

너그러운 대서양과
부드러운 능선들
나를 둘러싼다

만인의 비난 속
만인의 침묵

붉은 부리와 무채색의 털
광택 나는 눈과 매끈한 날개
도화지의 점 속에서 대치하는
퍼핀과 나

퍼는 날개 위로 흐르는 수려함
올리는 총 아래로 뿌리 잡힌 두려움

울리는 총성
울리는 세계

포효하는 바다
세상에 달려가지만
정작 돌아오는 포말은
이미 사라진 지 오래

꼬리에 꼬리를 무는 사냥과
다음 표적이 될 나
적법 속에서의 임의로움

그럼에도 날개를 펼 퍼핀과
총을 드는 나의 파편

야광충

파도가 부서지는 밤바다
어선이 그리는 이정표

물살에 쓸리는 고통
요동치는 하늘
질식과 익사를 오가는 생사
검푸른 파도 위의 배영

저 멀리 들리는
누군가의 감탄의 소리
귀를 멎게 한다

장관과 가관을
희극과 비극을

가르는 빛의 입자의
미시세계와 거시세계

제방, 방파제

태풍의 눈 속
고요한 연안
밤바다의 아우성

무너지는 제방
침입자는 숨죽이며
끌려들어 와 모래를 질식시킨다
모래에 그려진 나의 발자국이
하나
둘
지워져간다

태평양의 무한함에
나는 발자국을 뒤로 미룬다

태평양을 건널 거라 했다
아니 정복할 거라 장담했다

현실은
교체될 방파제였던 것일까

저 드넓은 공간을 압도하고
그 무게를 견딜 수 있는 자의 모습은

얼마나 강인할 것이며
폭풍을 예고하고
구름을 쫓으며
하늘에 치솟는 번개일 것인가

천지개벽 아래
무너진 제방 뒤, 번개가 친다

Roaring 40s

여정의 시작
해류를 맡기는 첫걸음

디딘 첫걸음과
거센 파도 위의 격한 박동
맞닿은 나의 심장
바람에 맡긴 몸이
물을 튀기며 세차게 나아간다

역풍과 바람을
받아들이며
내가 그리는 물살의 잔상

나의 운명과 필연이
겹겹이 쌓여간다

생각과 시간의 층
경쾌하게 그려나가는 도화지

배를 몰며
펼쳐지는 마라톤

요동치는 지각을 품은 채
대서양으로, 태평양으로, 인도양으로,

Furious 50s

폭풍의 미궁 속
길 잃은 배 한 척
해무와 비바람이
내 시야를 가린다
외로움과 고독의 서막
고장 난 나침반과 계획
나사 풀린 항로와 생각

외면과 내면의 거울, 폭풍
그 어느 것도 잠재울 수 없는 것인가

바다 위의 불협화음
찌르는 듯한 솔리스트의 비명과
휘몰아치는 앙상블의 돌풍
나와 자연의 콘체르탄테
장과 장 사이에 다시 항해 키를 잡는다
망망대해 속 독야청청

Screaming 60s

세월의 풍파와
소금에 절여진 만물
앙상블에 묻히는 솔리스트의 최후의 선율

저 멀리서 보이는 것은 육지일까
착각일까

이 폭풍우 속 지나가는
한 무리의 고래들
눈의 가시로 뒤덮여
사라진 가시거리

무아의 지경과
바다와의 합일
하나가 되어 도착한 곳

이곳은 남극인가

드레이크 해협의 식성

티에라델푸에고와 남극반도를 잇는
드레이크 해협

오늘의 식사가 시작된다
뒤집고
요동치며
매서운 바람 속
생사를 가르는
오늘의 식사

남극으로 향하는 게
어째 험난한가

그 과정에 그려지는 곡선
이 곡선을 먹고 사는 해협

오늘도 한 획 그어진다

드라이 밸리의 눈속임

해협 건너 도착한 곳
드라이 밸리

남극은 어디로 갔는가
눈이 없는 세상
회색빛 가운데에 서 있는
영혼들

진정 남극인지
의문되게 하는 이곳

삶은 끝까지
내 착각을
비웃는다

환일의 하이데거

환일의 형상
하늘에 뜬 CD 플레이어
그곳에서 연주되는
생상스-죽음의 무도

죽음의 환일로
미리 달려나가 보는
나의 신기루

나와 내가
어우러져 추는
죽음의 무도

갈수록 앙상해지는
해골들
나와 나

환일의 깊은 잠에서 일어나
죽음의 눈으로
나를 바라본다

죽음으로의 선구
Daesin

극야

칠흑 같은 암흑
미로 같은 이곳에서
유일한 위안은

조롱하듯 내 고개 위에서
공허하게 헛도는
남극성뿐

어디를 가던
제자리걸음 같아
포기했을 때

머리 위로 새어 나온
푸른 오로라 한 줄기

남극 빙어는 얼지 않는다

저 깊이 어딘가,
빛바랜 시지프들이여,
줄지어 이동한다

암흑의 심해,
굳어버린 눈동자들이여,
눈을 감지 않는다

영하의 수온,
응고된 심장들이여,
적색 피가 옅어진다

붉은빛,
분홍빛,
회색빛,
하얀빛의 피

빙해氷海에서 피는
눈이 멀 공허

켈프 숲에서

바다 아래 숲
푸른 태양의 빛과
녹색 재앙의 지구

허공을 헤매는 손짓들
서로를 묶는 팔
그들은 반구에 갇힌
죄수들

그들의 한
빛 가까이 가고 싶어
태양을 가리고

더 멀리 가지 못해
시야를 가린다
마치 거울의 방처럼

발 묶인 죄수들의 춤
처절한 눈빛 아래
물고기가 지나간다

청록빛의 환호성
바다의 그린라이트

너는 몇 번째 죄수일까

우물 속 아델리

아델리의 좌우명
난 하늘에서부터 재면 가장 키가 크다

나폴레옹의 위엄과 자태
늠름하고 당찬 성격

세찬 부리에 깃든 결단력
얼음을 가르는 수영

우물 깊은 곳
아델리가 산다

스쿠아의 비행
아델리의 무모함
우물 속으로 내려가며
바람을 가르는
세기의 대결

깨진 알
치솟는 분노
그리고 남은 건
우물에 갇힌
아델리펭귄의 눈빛

메르텐시아 오붐

메르텐시아 오붐,
파란 몸, 무지개 빛깔,
터져버린 풍선같이 둥근 해파리

까마득한 어젯날
오색 찬란
풍선 빛깔

놓쳐 버린
무지개

부풀어진
나의 풍선

먹구름과 함께
허공 속으로
사라진다

그래서 심해는
메르텐시아 오붐의
무덤이 되었을까

포인트 니모에서의 가면무도회

연희장의 구석
차오르는 물보다 갑갑했던
잠겨오는 머리칼보다 숨 조였던
가면

넘실대는 파도 소리
묻히는 눈물
물결치는 바람 소리
상쇄되는 한탄

70억 인구의
70억 개의 - 포인트 니모

눈덩이 지구

얼어붙은 지구의 심장 내핵
희미해져 겨우 보이는 실낱같은 태양이
나를 흔든다

눈덩이로 뒤덮인 지구
눈덩이가 된 지구
지구는 굴려지는 걸까

하루의 자전과
일 년의 공전
굴러가는 지구와
점점 더 커져가는 나

흰빛의 압박
숨 막혀 떨려가는 공기
밀도를 채우는 지구

인간의 발자국
지구의 굴렁쇠
흰빛 속 나는 어디로 가는 걸까
언제 끝날지 모르는 도박 속에서
나는 눈을 감는다

빙산의 일각

나의 마음
나의 바다

마음의 냉각과
바다의 빙산
멈춰버린 흐름

블리자드
빙산을 징검다리 삼아
사뿐히 밟고 넘어간다

깊이 잠겨버린
삼각뿔
해류를 막는다

바다가 눌려진다
가벼운 발걸음과
무거운 침묵의
바다

메르카토르의 역설

운항 중 펴본 지도
반듯한 직선
나의 경로

곧게 곧게 이어진
이륙과 착륙

이 직선 위에서
나는 외줄타기를 한다

가장 빠르게
또 정확하게

위태로운 운항 위
메르카토르의
묘한 웃음

애써 무시해 본다

빙저호

마음속 해저
얼음의 요새에
둘러싸인 빙저호

어느 날
찔러 들어온
침입자
빙저호를 파헤친다

그들은
굉음과 함께
나를 얼음으로 채운다

우레 틈에 생겨버린
크레바스

남극점을 위한 증명

대전제
삶은 북극 위에 서 있고,
죽음은 남극에 닿는다

공리
북극은 북위 90도,
남극은 남위 90도를 뜻한다
북극에서 남쪽은 전방위,
모든 길이 그곳으로 향한다
정답은 문제에 대한 바른 해답이다
삶은 문제의 연속이며, 흐르듯 해결을 향해 나아간다

정의
북극에서 남쪽은 모든 길이며,
모든 길은 결국 정답이다
삶은 끊임없이 문제를 풀어가는 여정이다

명제
문제의 답은 정해져 있지만 과정은 무한하다

결론
태어나 흐르는 순간부터,
소멸로 향하는 물결 속에서

우리는 남극을 바라보고 있다

인생의 답지 위에서,
저마다의 과정을 풀어내며
교차하며 써내려간다

죽음과 안식의 남극에
도달하며, 모두가 하나로 귀결된다
Q.E.D

에필로그 - 조화弔花의 영감

앞으로 시작될
백일 극야
가까스로 보이는 빛줄기

앞에 놓인 조화 하나
순백의 꽃잎이 빛을 반사하며
내 눈을 시리게 한다

이것은 나를 위한 조화인가
아니면 다른 누군가를 위한 조화인가

누군가가 남기고 간 조화
이를 받을 다음은 누구인가

빛이 올 때까지
하염없이 기다릴
한 송이 조화

에필로그 - 조화調和의 영감

프랙탈
작은 조각이 전체와 비슷한 기하학적 형태
즉, 자기 유사성
그 안에 숨은 작은 세계

우주의 프랙탈
은하수, 수놓은 항성의 발원지
오로라, 찬란한 삼원색의 빛
눈송이, 정교한 얼음의 불가지

나의 확장, 축소
그 사이의 환승
이를 알리는 조화의 영감
시간과 공간을 넘나드는 패턴

이번 역은, 우주로 갈아탈 수 있는
남극, 남극 역입니다

끝없는 프랙탈 속
나와 남극,
조화

에필로그 - 조화造花의 영감

조각된 꿈
비밀의 화원 그 사이
남극에 핀 장미
달을 보는 해바라기
푸른 피를 이어받은 오물
알면서도 벗어나지 못하는
잠겨가는 하늘

누워있지만
끝없이 추락하는 절벽
해구를 더듬는 손
나를 쫓는 심해어
심해어가 꽃으로 변하며
나를 감싼다
다시 그 조각된 화원으로

에필로그 - 조화遭禍의 영감

퍼져가는 녹빛
무너져가는 알베도와
그를 대체하는 흙빛
푸릇푸릇해진다
모레인과 빙퇴석
땅과 하늘의 경계가 생긴다

소용돌이치는 바람
폭풍우 치는 하늘
방화를 저지르는 바다
모든 게 다 처음으로 돌아가
태초의 모습
인재와 천재의 조화
조화의 재앙은 녹빛으로 찾아온다

L'estro armonico - 조화의 영감

비발디의 선율 위 흐르는 조화
피는 조화 위에 선율이 흐른다
조화의 수가 증식한다
조화와 조화의 조화가 이루는
조화
우리 앞에 찾아온 조화
결국 우리는 조화를 내려놓을 수밖에 없다
조화 속에서 조화의 영감을 잃지 않기를

「마음의 독백」

우리는 살아가면서 마음이라는 소중한 감정을 다루게 됩니다.
누군가에게 차마 전하지 못해 혼자 삼키기도 하고,
먹먹한 채로 감내해야 할 때도 있지요.
'표현하고 살아야 한다'라는 말을 좋아하지만,
정작 저는 표현에 서툰 사람입니다.

전하고 싶었던 마음들,
끝내 전하지 못했던 마음들을 풀어내고 싶었습니다.
그리고 오랜 시간 골몰하며 잠 못 이루던 밤,
제 안에 남은 낙서들과 일기 같은 기록들을
이곳에 함께 담아냈습니다.

- 시인 이수연

청춘靑春: 푸르른 봄이라지만,

덧없이 따스해야 하는 그 계절에
눈에 질척이는 땅이 거슬리던 그 계절에
너는 아직 봄을 맞이하지 못했더랬다
봄바람 속 내음새를 아직 맡지 못했더랬다

수없이 많은 계절을 함께 보냈건만
나는
네 맘속 피어난 계절이 어떤 색이었는지
정확히 알지 못했다
정확히 알지 못하여,
하마터면 너를 영원한 봄에 두고 올 뻔했다

있잖아,

시간 지나면 좋을 때라고
추억하는 그들의 말은 제쳐두고
너의 지금이 혹여 좋지 않더라도,
시간 지나도 좋을 때라고
추억할 수 없을 것 같아도

나는 여전히
너와 수많은 계절을 함께 보내고 싶다
아무리 우리의 이름이 푸르른 봄이라지만,

나는 너와 흐르는 계절에 살고 싶다

혹여 그것이
끈적이는 여름
변덕 심한 가을
추운 겨울일지라도

그러니
우리 함께, 살아있는 계절을 느껴보자
친구야

야자시간

내가 그곳을 본 건 저녁이었다
항상 그곳은 화려한 불빛과
행복한 사람들로 가득한 것 같았다
하지만 난 보여지는 것에만 집중했을 뿐,
그곳의 이야기는 보지 않았다
나는 무얼 위해 이곳에 있으며
내가 하는 일이 맞는 것인지
수도 없이 되물었다
이곳은 잡히지 않는 별들만 꿈꾸는
어린 샛별들이 있다는 걸 알아달라고

하지만 그 별들은 그곳에도 있었다
밝은 불빛 사이에서
홀로 제 색을 지키고 있었다
불빛 사이에 감춰진 어린 별들의 바람을
또 누군가 몰랐구나

작은 문고리

말 한마디로 천 냥 빚을 갚는다지만
여전히 우리는
말보다 행동이 중요한 세상에 살고 있다

세상의 좋은 글귀들을 끌어모아
내 맘속에 담아두고
그것을
나만의 감수성이라고 이야기하며
필요한 순간에 글귀를 뱉어내어
우리에게 제일 와닿는 위로를 해주고 싶었다

그러나 이것 또한 나의 자만
그러나 이것 또한 나의 거만

수박 겉핥기 하듯 우리의 고민을 알아차리고
올챙이 적이라도 기억하는
개구리가 된마냥 공감했지만
여전히 우리의 마음속을 잘 모른다
나의 자만과 거만이 걷히고 나면
우리의 마음속을
조금이나마 들여다볼 수 있는
작은 문고리라도 발견할 수 있을까

그 마음속에 들어가진 못하더라도
그 문 앞에
따뜻한 죽이라도 두고 가고 싶은데…

그림자가 지나가는 자리

어떻게 말할지 고르는 그 눈빛 속에서
그간 고민하고 곱씹던
여러 이야기가 조심스레 지나가면
그 뒤를 옅은 그림자가 따라간다
이야기를 전하는 이는 담담히
그간의 고민을 하나둘 풀어내는데,
그림자의 묻어나는 그 수 많은 밤들이
그이의 밤을 더욱 짙게 물들인다

이미 결론이 나버린 이야기
이미 고뇌를 마친 이야기가
담담히 풀어질 때

듣는 이는 그저
옅어진 그림자를 따라가며
웅크리고 있는 검은 아이에게 말을 건넨다

이제 어두운 밤이 지나가고
밝은 아침을 맞이할 때야
고생 많았어

부모의 부모

그 마음 안에 든 얘기들이
얼마나 두터워야
겨우 타들어 가는 장작불에 힘입어
입을 떼는 걸까
그대의 마음속에 자리 잡고 있는
부모라는 안전지대는
얼마나 단단해야
그 한마디,
이어가는 그 말 한마디가 힘겨울까
그대가 받아들이는 부모란 존재는
내가 느끼는 의미보다
얼마나 두텁고 단단할까

내가 생각하는 것보다,
그대의 부모란 존재는
얼마나 단단하고 겸허해야
이제야 겨우 떼어 내는 힘겨운 속마음일까

메모

얼굴도 목소리도 모르는 자에게 쓰는
몇 자의 글
내 공간을 머무는 시간 동안
그대가 쏟아부은 열정과 그 노고가
최대치로 발휘되기를
내 공간을 머무는 시간 동안
그대의 마음의 짐이 조금 덜어지기를
내 공간을 머무는 시간 동안
내일이 기대되는 마음으로 채워지기를

그 마음이 미처 닿지 않더라도
그대의 고생이 묻어난 밤들이
환한 아침 햇살을 맞이하기를

공간을 내어준 학생에게 전하는
몇 자의 답글
앞으로 남은 학창 시절 더욱 빛나주기를
그대의 고민과 생각들이
앞으로 나아가기 위한
미소 지어질 만큼의 무겁지 않음이기를
앞으로도 이리 소중한 마음
전하며 살아가기를

내 답글이 미처 닿지 않더라도
그대는 스스로 답을 찾을 수 있다는 걸
그때의 나이는 아직 아무것도 아니니,
무엇이든 될 수 있다는 사람이란 걸
꼭 새기기를

아무것도 아닌 줄 알았던 내게
응원해준 마지막 사람이 되어 주어서
참 고마워요

향수

그 향기가 나를
무심코 데리고 갈 때가 있었다
최대한 그 시절에서 도망치겠다 했지만
사실 난
그 시절에서 최대한 멀어지지 않으려
노력했던 것인 줄 모르겠다

그 은은하고 짙은 향기가
향수에 어린,
향수에 젖은,
나를 데리고
그 마음으로 향했는데

이끌려 간 곳은 아무것도 없고
잊어보겠다 동동거리던
그 어린 나만
여전히 향기에 어른거렸더라
지워지지도 않는 이 향기
어떻게 씻어내야 하나

모래시계

세상이 뒤집어지고 모든 게 무너졌다
자유로운 날갯짓들이
내게 떨어져 날 덮었고
내 것들을 하나씩 하나씩 지워갔다
내 품에서 조금씩 버티던 아이는
내게만 조금씩 토해내던
이야기 끝에 서 있었다
지나가는 소낙비라고 했는데
내겐 폭풍우였고
모든 걸 쌓아두던 아이는
뾰족해진 이 끝에서
내려가지도 올라가지도 못한 채
그 빗속에서 울었다
버텨보려 했지만, 아이와는 더 멀어졌고
아이를 받아주려던 바구니는
소낙비에 젖어버려
어느덧 나도 흔적 없이 사라졌다

너에게 고유명사로 남고 싶었다

나도 너에게 특별한 존재가 되고 싶었다
환히 비추는 태양처럼, 은은한 달처럼
비춰주고 싶었다
두 손 꼭 쥐고 소원을 비는 어느 별빛처럼
너의 맘에 그려진 광활한 우주처럼
너에게 고유명사로 남고 싶었다

오늘 밤, 난 커다란 달에 소원을 빈다
그 달이 어느 때보다
너의 밤을 포근하게 감싸주기를
나도 언젠가
어느 여름에 부는 서늘한 밤공기처럼
네게 휴식을 줄 수 있는 존재가 되기를

시선 끝

시선 끝에 걸리는 이가 있어 본 적 있나요
눈을 감았다 떴을 때
함께 사라질 거라 생각했지만
그 사람은 떨어지지 않고
여전히 내 시선 끝에 걸려 있었어요

내 시야에 완전히 들어선다면
한눈에 바라볼 수 있을 텐데
이렇게 시선 끝에 걸리니
바라보는 것도
바라보지 않는 것도
여간 쉬운 일이 아니에요

그렇다고 털어낼 용기도 없습니다
그저 너무 티가 날까 봐
눈동자에 담지 못하고 흰자위로 보는 기분
보지 않는 척
오늘도 티 내지 않으려
그렇게 애를 씁니다

영례

그 꾸벅임 한 번에 가족의 꿈이 흩어질까
그 꾸벅임 한 번에 가족의 내일이 없어질까
전전긍긍하며
흔들리는 손잡이에 몸을 기대어본다

제 나이보다 더 큰 두려움을 안고
제 나이보다 더 큰 용기를 싣고

오늘도 덜컹거리며
누군가의 꿈과 피곤함을 함께 실어 달린다

우리네의 언니와 누나였던
우리네의 딸이자 손녀였던

그 푸르렀던 소녀들이여

소일

향기는 기억과 추억을 가져다준다고 했던가

무엇을 태우는지,
태우는 이는 어떤 추억과
어떤 기억을 잊고 싶어 태우는지,
혹여
그냥 별 의미 없던 물건을
태워 버리는 중일지라도
내게 그 탄내는
어릴 적 뛰놀던 어느 흙길을 떠오르게 한다

먼 길 피어오르는 아지랑이를 따라가 보면
아빠의 어릴 적 동네 친구였던
낯선 아저씨가 허허하며 웃어주셨고
부끄러운 듯 꾸벅하며 돌아서던 길가에
코끝엔 여전히
오래된 시골길과
한바탕 뛰어놀아 꼬질꼬질해진 똘이가
남아 있었다

내가 뭐라고

그대는 알고 있나요
내가 미처 잠들지 못하는 이유가
그대의 담담한 위안을
받지 못했기 때문이란 걸

내가 직접 찾아야만
그대를 만날 수 있는데도
그게
수고스럽다고 느껴지지 않을 정도로
그대는 내게 위로란 걸 말이에요

그대는 알고 있나요
정작
내가 뭐라고라며 중얼거릴 사람은 나란 걸

내가 뭐라고
그대의 이야기를 들을 수 있게 되었을까요
내가 뭐라고
마음속 공허함을
그대의 인기척으로 채우기 시작했을까요

빨간 불빛

다가오면 부딪힐지 몰라요
다른 차선으로 이동할 거예요
보행자 신호입니다
정지할 예정입니다

도로 위 불빛들은 어쩌면
친절할지도 모른다

사람들 사이에서도 이렇게
미리 빨간 불빛을 건넨다면
덜 상처 받을까
내가 예민한 상태라 다가오면
네가 다칠지 모른다는 걸
그 붉은빛으로 표현한다면

너랑 내가
서로를 더 이해하고
조심할 수 있을 텐데

이부자리

이부자리만큼 잔정이 많은 공간도 없다
고된 하루를 마무리할 때
맞이해주는 그 포근함
내 몸을 감싸는
서늘하고도 따뜻한 이불의 감촉

새근새근 잠이 든 아기의 숨결
망태 할아버지를 무서워하며
이불 끝까지 덮었던 날
자기 싫어서 뒤척이다 혼난 날
미래가 두려워
심장 소리를 잠재워야 했던 날
나의 쓸모에 대해 한참을 골몰하던 밤

잠들기 전 머릿속을 지배하던 잡념들은
늘 달랐지만
나를 감싸는
서늘하고도 따뜻한 그 감촉은 여전했다
문득
누군가의 숙면을 바라는 어느 마음이
전해질 때쯤
그제야 까무룩 잠들 수 있겠지

불꽃놀이

검은 도화지에 수십 개의 색이 흩뿌려진다
그들은 검은 바탕 위에 살아 움직이며
낙하한다
생명력을 얻은 모양새가
마치 흐드러진 꽃밭 같다

무채색 자연에 피어나는 화려한 꽃
무모하게 뛰어드는 어떤 이의 모양새 같다
그 끝이 결국 추락일지라도
누군가에겐
자유로운 낙하라고 느껴질 정도로 화려한

순식간에 반짝였다가
순식간에 시선을 사로잡은 뒤
순식간에 사라져 버리는

영원할 수 없다는 걸 알면서도
영원을 꿈꾸며
밤하늘 위로 흐드러지던 꽃비

그들을 지탱하는 것은 무엇일까

그들을 강하게 지탱하는 것은 무엇일까
누군가는 헛된 꿈이라고 하고
희망 고문이라고 말하는데

그럼에도 그들에게 원동력이 되어 주는
보이지 않은 꿈이라는 것은 무엇일까

혹여 신기루로 끝날지라도
그 꽉꽉한 사막길을
해변의 모래라고 믿게 하는
그 마음은 무엇일까

과연
그들을 묵묵히 지탱하는 것은 무엇일까

자기소개서

깜박거리는 커서를 뚫어지게 쳐다본다고
갑자기 기발한 발상이 떠오르지 않는다
여전히 세상은 나를 두고 바삐 움직이고
그 속도에 다시 조급해진 나는

커서를 응시하며 나를 재촉한다
그러게, 잘 좀 하지 그랬니
그 말에 차마 아무 말 못 하는 건
자존심이 상해서
어쩌면 인정하기 싫어서

깜박거리는 커서는 여전히 나를 재촉하고
겨우 몇 자 적는 글 끝에
결국 백스페이스를 누른 뒤

다시 아무 일 없단 듯
키보드에 손을 얹는다

아쉽더라

뭐든 적당히

넘치는 아쉬움과 채 담지 못한 마음을
표현하지 않았다
입 밖으로 꺼내 버리면 더 아쉬워질까 봐

상대방의 어떤 표현에도 빙긋 웃으며
내 맘속 고요히 울렁이는 아쉬움은
그저 속으로 삭이며
혼자 감내했다

그렇게 해도
여전히 아쉬움은 그림자처럼 남아서
내 뒤를 따라오는데
마음에 둥하고 떠오르는 그 감정들은
언제쯤 의연해지려나

우주를 품고 사는 그 애는

그 아이의 눈동자 속에서
수많은 별빛을 보았다
수억 개의 그 별들이 찬란하게 빛나
단 하나의 깜빡임과 함께
별똥별처럼 떨어졌다

큰 우주를 품고 사는 그 아이는
그 광활한 우주에
어떤 마음과 고민을 안고 있는지
난 감히 짐작할 수 없었다

그저 그 한 번에 깜빡임과 함께
반짝하고 빛나던 눈빛이
그 아이 마음속 우주의 깊이가
얼마나 거대할지 추측하게 할 뿐이었다

너의 마음속 우주에 대해 묻지 않겠다
네가 떨군 눈물 한 방울의 의미를
묻지 않겠다

그저
내게 가끔 기대어주었으면 할 뿐인데

여름 일기

몸에 밴 땀 냄새도
바닷바람의 소금기가 밴 냄새도
나를 살짝살짝 건드리겠지
눈물로 사무치는 밤에도
바닷소리에 사무치던 시간으로 이겨내겠지
조금만 가보자 아름다운 야경을 위해
조금만 가보자 내 인생의 야경을 위해

발바닥이 아프고 물집이 잡혀도
아름다운 모습이 기다리고 있었고
땀이 떨어지고 짜증이 나도
푸르른 풍경이 기다리고 있겠지
때론 안개 때문에 아무것도 안 보여도
시도했다는 것에 의미를 두고
계단 때문에 넘어질 것 같아도
잡아 줄 손이 올 것이니

또다시 한 걸음 나아가자

내 마음에 들어온 첫 사람에게

소중한 마음을 하나하나 모아
너에게 전하고 싶다
그릇된 것, 부정한 것 뜰채로 걸러내어
순수하고 소중한 것만
너에게 전하고 싶다
순수하고 무해했던 우리
그 틈에 피어나던 마음까지
너에게 전하고 싶다
그리고 그때의 너에게 전하겠다

진짜
온 마음 다해
매일 생각했다고

마무리

차 한 대도 없는 한적한 거리
터벅거리며 들리는 지친 발걸음 소리
그날에 피곤함이 묻어나는 걸음걸이

자신을 바라보고 있는 달빛이
유일한 동행인 지금이
길었던 하루를 위로해주고 있으니

내일도 잘 해낼 수 있으리

어른

어찌저찌 1인분을 해내고 있나 고민 중
덜렁대는 건 여전한 거 같은데
트집 잡고도 싶지만 나, 어른이래

오늘의 너

똑같은 조언을 들은 후
나는 그 말을 곱씹고 있었는데
같은 고민을 하던 너는
오늘의 날씨를 느끼는구나
오늘의 계절을 보는구나
오늘의 공기를 맡는구나

오늘을 누릴 줄 아는 네가
나는 문득 부러웠다

사진에는 담기지 않는 것

외할아버지 품은 어땠어
내가 맡아보지 못한
내가 느껴보지 못한
그 품의 냄새는 어땠을까

외할아버지 목소리는 어땠어
나는 들어보지 못한
나는 느껴보지 못한
그 목소리의 울림은 어땠을까

엄마의 심술을 말없이 바라보셨을 얼굴
이모들과 공기놀이하시던 손끝은
상상할 수 있는데
사진에는 담기지 않는 것들이
오늘따라 궁금하다

엄마, 외할아버지 품은 어땠어?

사랑니

일상 속 습관이
네가 있던 자리를 상기시킨다
일상 속 패턴이
내가 했던 행동을 상기시킨다
모난 자리였는데
신경 쓰이는 자리였는데
결국
너도
나에게
난 자리였나 보다

난 자리는 표가 나기 마련이라더니
너의 빈자리가
나를 아프게 했다

밤의 수평선

밤바다는 나의 맘을 헤집어 놓고 떠나간다
내 맘속 고민을 다 품어 안을 것처럼
자신만만하게 다가오고는
하이얀 거품으로 떠나간다

드넓은 수평선 너머로
멀어지는 모습에
드넓은 자연에 매료되어
어느덧
나는 우주 속에 한 점밖에 되지 않는단 걸
깨닫고
이내 뒷걸음질칠 뿐이었다

서로

알잖아
서로의 편이 될 수 있는 건
우리뿐이라는 거

어둠 속에서 헤매고
빗길을 방황하여
이방인이 된 것 같은 날에도
다시 돌아올 곳은
여기뿐이라는 거

먹구름 낀 마음을
세찬 비로 환기해 주고
무지개구름을 띄워줄 사람도
우리뿐이라는 거

너도 알고 있잖아

고백

띄어쓰기없이전하는나의고백이
너에게부담되진않을까
가쁜마음붙잡고
내맘한떨기라도떨어뜨릴까봐
부리나케달려왔다

심장이

터질 것 같다

향기나는 사람

꾸미지 않아도
그만의 향기를 품은 사람이 있다
사랑스러운 향기
시선이 머무는 향기
의도하지 않아도
잔향이 오래 남는
그런 향기를 가진 사람이 있다

나도 모르는 새
미소를 짓게 하는
선한 향기를 가진 사람이 좋다

체한 날

누구보다 강해 보이던 이가
누구보다 씩씩해 보이던 이가

한없이 작아 보였던 날
네 앞에 놓인 라면의 김조차
너를 압도하듯 커 보였던 날

내가 체한 줄 알았던 그날이

사실은
소화제도 없이
간신히 하루를 삼켜내던
너의 마음이었다는 걸
나는 이미 알았을지도 모르겠다

기억 미화

어쩌면 널 질투했던 거 같다
그래서 널 싫어했다
나는 네가 될 수 없기에
아무리 해도 너를 닮을 수 없기에
그래서 너를 미워하기로 했다

그러나

어쩌면 널 좋아했던 거 같다
그래서 널 바라봤다
나는 네가 아니기에
아무리 해도 너를 담을 수 없기에
그래서
너를 잊기로 했다

마음예보

오늘따라 하늘이 파랗겠습니다
오늘따라 구름이 하얗겠습니다
오늘따라 바람이 가볍겠습니다
덕분에 기분이 뒤숭숭할 테지요

파란 하늘에 눈이 시릴 것이고
하얀 구름이 계속 눈에 밟히겠으며
가벼운 바람은 그저 스쳐 지나갈 겁니다

날씨는 사람 마음 따라간다던데
역시
오늘 날씨 별로네요

갑작스레

갑작스레 가을이 왔다
선선해진 공기에 서늘한 바람이 불었다

갑작스레 가을이 왔다
미처 인사 못한 여름날 인연이 아쉬웠다

갑작스레 가을이 왔다
바스락거리는 거리에서 가을 향기를 맡았다

갑작스레 가을이 왔다
너와 한 뼘 더 멀어졌음을 체감했다

시절인연

스르륵 떨어지는 눈송이 틈에서
잊히지 못한 어느 기억들이
하나둘 떨어진다

내가 잡지 못한 마음들과
미련하게 잡아버린 마음들이
속절없이 쏟아진다

이제 떠나가는 이들
떠나가는 대로 놓아주어야 하는 이들
다들 어디로 떠나가려는지
그 길이 어디인지
나는 알 길이 없지만

눈송이가 떨어지듯이
또 언젠가 때가 되면
조용히 찾아오겠지

레벨업

내세울 건 젊음이란 거 하나뿐인데
무기가 되면 좋으련만
매일 실수만 더해져 레벨업은 안 되고
매일 내게 물음표를 띄운다

오늘도 여전히 젊음 하나 내세우지만
사실
여전히 겁은 많아서 센 척 해보다가
여기저기 부딪히고
한숨 쉬는 하루의 끝

여전히 내일도 젊음을 내세우겠지만
나의 실수들로 경험치를 쌓아서
언젠가 레벨업 해야지

「달리 까닭이 없었기에, 그것이 사랑임을」

어느덧 쌀쌀함을 훌쩍 넘어 다가온
한랭한 보폭의 계절입니다
'끝'이 붙는 부위들은 죄다 불그스름해지고
끝인 듯 만물이 곤히 잠드는 그런,

그 복판으로 마음을 툭 떨어뜨립니다
그대의 발밑입니다
두 손 꼭 쥐어 그 온기를 느껴보고,
다시금 데워도 문제가 없을 것이며,
손발에 꼭 맞으신다면
껴보아도, 신어보아도
저는 그저 행복할 것입니다

손난로, 털신, 털장갑
그리고 그대에게 따스히 머무는
머무름 시

문득,
이곳에 머물게 된 그대에게

- 시인 최우진

코스모스_가을의 너

스쳤다
고갤 돌렸다
눈이 마주쳤다

네가 있었다

가을의 포근한 품속에서 태어난
코스모스 같은 네가 있었다

그렇게,
가을의 선선한 붉은 진동 속에
나의 선명한 시선 속에
네가 오래도록 피어 있었다.

초가을 산책길

눈을 뜨자마자 문득
산책을 하고 싶더라

아직이라며 날 붙잡는
포근한 이불의 몸뚱어리를
단호히도 밀쳐버리고
무작정 집을 나섰지

아직은 푸릇푸릇한
가을의 품속으로

귓속에서 자유로이 유영하는 음악
사방으로 뛰어다니는 내 시선은
마치 들뜬 어린아이들

그들이 서로 끌어안아
한 편의 단편영화

더할 나위 없는 행복한 산책길이었어
왠 줄 알아?

그 시간 속 내내
나무와 강
구름과 하늘이 함께였거든.

상사화

2년 전 이맘때 즈음
가을맞이 여행길에 들렀던
문경, 김룡사

절 입구 가생이
뜨문뜨문 피어 있던
새빨간 상사화 몇 송이

꽃이 피면
잎은 급히 자리를 뜨고
잎이 돋으면
꽃은 잔뜩 몸을 웅크린다는데

그것은 격렬한 다툼일까
아니면 원치 않은 생이별일까

우연인지 운명인지
그 꽃말의 이름은
이룰 수 없는 사랑
그리고 그리움

그랬구나…
너희가 물든 그 뜨거운 붉음은

깊어진 아픔에서 흘러나온 피눈물

어느 아름다운 설화처럼
찰나와 찰나를 잇는
다리 하나 놓아주고 싶지만

나는 까치도
까마귀도
그 무엇도 아니기에

그러기에
함께 아프다

미안하다
미안하다.

조화

행복 그리고 슬픔
원하든 원치 않든
반듯한 감정의 균형

빠르게 솟아오르는
어느 하나가 삐죽
튀어나오지 않도록

강물과 시간은
완벽한 조화

흐르고 흘러서
기뻐지도록
깊어지도록.

나이

아이고 더부룩해라
왜 이리 소화가 안 되나

이래서 사람들이
떡국에 너를 겹쳐 보나

설날
맛난 고명들 잔뜩 올린
떡국 한 대접 후루룩
급히 들이킨 것 같네

아이고, 더부룩해라
이젠 물컹한 가지도 잘 먹는데
이제 가리는 것 하나 없는데
다 소화가 잘 되는데

매년 먹는 너는
왜 이리 소화가 안 되나.

손톱

참 많이도 물어뜯었다

얇은 그믐을 후드득
참 많이도 몰래 흘렸다

보름
그 완전한 미美를
왜 그리 가만두지 못했을까

입으로 가까워질 적엔
손가락뼈 마디를 꽉 깨물어 버린다

아프기 싫어
손과 입이 둔 적당한 거리

강박에서 아픔
아픔에서 평정으로

그믐에서 초승
초승에서 상현으로

마침내,
그 끝에서 떠오른
둥그런 보름

일생 케이크

올해 5월의 케이크는
옆으로 밀어 두었지

요란스레 웃는 핸드폰은
등이 보이도록 툭

방 천장에 걸터앉아 하늘인 양
침대 위에 엎질러진 나를
내려다보는 회의懷疑
이어지는 텁텁한 대화

탄생의 축복보단
그 까닭에 대한 갈구

느끼한 생크림
새빨간 딸기
가르기 전엔 보이지 않는 빵

씹어 삼키기엔
조금은 니글대는 과거
입안 가득 퍼지는 다디단 현재
숨겨져 비로소 깊어지는 미래

문득,
정면으로만 바라보던 생일을
번쩍 들어 올려 아래에서 위로
비로소 선명히 드러나는 일생

정작 밀어 버렸던 건
케이크 따위가 아니라
결국, 감사함이었구나

정작 고뇌인 줄 알았던
거뭇한 먼지들은
결국, 간사함이었구나.

그림

그림 그리기
오랜만에 내게 와준 취미

눈으로 담아내고
마음에 걸어두고
손을 풀어내는 재미

머릿속에 만개한 아름다움
따스한 햇살과
선선한 바람이 맞물린
금빛 도는 어느 좋은 날에
살며시 스윽

그대들에게 무심한 척 건네고 싶지만
결국엔 투박한 나의 손길에
거뭇한 떼가 내려앉는다

그림 참 어렵다

아니지,
우리 눈앞에 풍경이 되기까지의
그 세월이야말로 더 복잡했으리라

불평을 옆에 내려놓고
살며시 눈을 감아 속으로 되뇐다

이 먼 길 와주어 고맙다고
이 먼 길 오느라 고생 많았다고.

소년_깊어지는 밤

소년의 밤은 깊어져만 갔다

닫을 수 없는 방
잠들 수 없는 밤

조명들도 이불을 끌어 올린 시간 속
침대 위 떠있는 두 눈동자는 마치
밤하늘 속 찬란한 만월

시계가 자정을 넘고, 또 넘어
먼동을 향해 손가락을 가리켜도
사라지지 않을
지금 이 순간의 꿈이
더 달달하기에
쉽사리 눈을 감지 못한다

검은 만년필 잉크로 밤하늘을 덧칠하고,
창밖의 나무 그림자를 더듬으며,
할 말을 다 쏟아내고 그제야 잠드는
형광등의 쌔근쌔근,
숨소리에 귀 기울인다

닫을 수 없는 방

잠들 수 없는 밤

그렇게,
저물어가는 밤
정들어가는 밤

할머니 1

그 어느 때보다 생일 노래를 크게
"사랑하는 할머니!"

학생일 적에 너 나 앞다퉈
스승의 물음에 답하듯
참 크게도 불렀다

노래가 끝나고 후—
기력 다한 초가실 색바램에
촛불은 잠잠해지긴커녕
더욱 드세게 일렁이더라

내 눈이 촛불인 줄 아시고
불어대셨나

눈물 한 호수 맺히네

생일 다첩반상
밥 한 그릇 싹 비우고 일어서는데
아직 반 그릇도 못 드셨으면서
"마이 좀 묵지"

잔잔한 웃음 띠며

"아유 배불러요 할머니"
싱긋

미역국 간이 딱 맞았어요
먹을수록 바닷속 깊숙이 침잠하듯
그 끝 맛이 짭짤해지는 건
내가 속으로 참 많이도
울었나 봐요

사랑합니다
사랑합니다

건강만 해주세요

할머니 2

엄마 찾으며 엉엉 울어도
"효손, 효손"

길었던 공백 끝의 만남에도
"효손, 효손"

밥 두 그릇을 싹 비워내도
"효손, 효손"

맞잡은 두 손 타고 타고
"효손, 효손"

어느샌가 사라진 애교
빛바랜 살가움에도
"우리 효손, 효손"

그리워진 것들

모래들은 쌀쌀한 사막의 밤
한껏 덥히려 떠나갔나?
쓸쓸한 해변의 담요가 되었나?

내가 알던 놀이터가 아닌데?
푸릇한 발자취 사라진 자리에
늘 머무르는 침묵
피리 소리를 쫓아갔나?

철새들 따라
새로운 시대 향해
훨훨 날아갔나?

웃음을 건네기 위해
돈이 필요한가?
그런 거라면,
돈이 궁한가?
그래서 주겠다던 웃음은,
어디서 질질 새고 있나?

돈, 돈, 돈
자기 좀 봐달라 떼쓰는 PPL
줄지은 몰입 사이 새치기하는

광고 뿐인데

꺼버린 TV
나였나?
깊은 한숨이 꺼버렸나?

"아직 시간 안 됐는데?
준비하고, 버스 타고,
조금은 걸어서 가야 되는데?
벌써 도착했다고?
아이고…"

불쑥 찾아온 그리움을 달래며

구구절절

친구야
네 생각만 해도
오늘 내린 빗방울인지
눈물인지 모를 것이
마음속 깊숙이 스며들어
뿌연 물안개가 끼는구나

하늘은 또다시 행복한 일상
그 작고 소중한 틈 사이에
울퉁불퉁한 납득을 쑤셔 넣었고,
저 위에서 울리는 법봉과 판이
서로 부딪히는 진동이
귓가에 맴돌고, 또 맴돌아

그 둔탁한 나무 소리가 뭐라고
나는 고개를 푹 떨구게 되는구나

내가 할 수 있는 건 그저
이런 종이 쪼가리에 불과한
한탄스런 글을 써 내려가며
이렇게나마 너의 안녕을
바라는 것뿐이야

언젠간 다시 우리가 마주 앉아
느긋한 커피 한 잔을 곁들이며
게으름 피울 날이 오겠지?

그렇게 다시 웃음꽃 피우겠지?

그렇게 다시,
우린 서로의 일상이 되어주겠지?

신발 끈

"신발 끈 좀 묶어라"

"됐다 인마
뭐 지금 넘어진 것도 아이고"

그 말마따나
오른쪽 신발이 심술이라도 난 듯
어느새, 불쑥 다가온 찰나의 휘청거림

"아… 아…"

"에휴 거봐라 새꺄"

"미안타…"

"어제 비가 뭐 다
니 귓구멍으로 내릿나
말을 하면 좀 들어라 제발"

"옙…"

신발 끈을 다시
예쁘게 묶어보자

머릿속에 풀어헤쳐 놓은
누군가가 건네준 말을
예쁘게 묶어보자

일백 번_아이폰 12

일백 번을 떨어뜨려도
멀쩡하구나 너는

나 또한 그런 사람 되겠다
꿀꺽 삼켜낸다

나 또한 누군가에게
그렇게 머물겠다 일백 번 씹어
꿀꺽 삼켜낸다

이젠 좀 컸다고
스스로 손바닥과 무르팍을
탁탁 털어내며 일어나는
꼬맹이 같은 널
허리 숙여 주우며 또 한 번
꿀꺽 삼켜낸다

힘이 풀린 손아귀 곁을 홀로 지킨
일용할 양식이더라

고수레

올려다본 하늘은
땅에 머무는 모든 것들과 어우러져
아름다운 법

이곳은 그저 높기만 하구나

가빠지는 호흡
마치 배가 뒤집힌
바다 한가운데 같구나

숨 좀 쉬자
숨 좀 쉬자

거대한 푸른 도화지에 늘어지는
선을 하나 그으며,
또 구름을 가르며
다시 대지의 품 속으로

햇볕을 따라 떨어지는 그 모습은
마치, 시작의 계절 속 분분한 낙화

저항 없는 낙하
다시 그대들의 품으로

고수레
받은 사랑은 목말라하는
누군가의 숨으로

빈 수레가 떼를 쓰지 않도록
보따리 한가득 이 마음 담아
간절한 누군가의 굴뚝 안으로

마법_작은 기적

행복한 하루하루가 되기를

당연한 듯 푸른빛 표정 짓는
다정한 신호등

답답함에 무작정 나선 산책길
살랑살랑 손 흔들며
각자의 온기로 위로를 건네는
어느 계절 속의 들꽃들

부드런 일몰의 붓 잡고 톡톡,
노을빛 한 모금 넘긴 윤슬로 화장한
어여쁜 낙동강 물결

뜨거움 없이
찰나의 눈 맞춤만으로도
나를 살살 녹이는
한 아이의 미소

이 작은 기적들이 모이고 모여
한 송이 네잎클로버

그렇게,

마법 같은 하루하루가 되기를

'윙가르디움 레비오우사'
행복에 겨워 붕 떠오르는,
그런 하루하루가 되기를.

갈대밭

그리운 겨울 갈대밭
그곳엔
알 수 없는 벅차오름이 있더라

애정하던 가을은 잠시
한쪽 구석으로 제쳐두고

그 계절의 온도
그 계절을 품은 마음

어느 쪽이든 떨리던 그 순간을
간사하게도
가을의 품속에서 떠올리는 중이더라
나도 몰래

두껍게 껴입고 힘껏 안아보는
바람에는 계절이 없다

뜨거운 체질 덕인가
정겨운 내음 덕인가

그렇게
겨울바람에 살짝 기울어지는

갈대들을 보다 보면
해도 기울고
나도 기울고

세월

어서 어른이 되고 싶던
한 아이는 달력을
느슨하게도 잡았다더라

세월은 놓쳐버린 두루마리 휴지처럼
빠르게 풀려나고
눈앞으로 데구루루
그렇게 하염없이 굴러가고

어느새 어른
혹은 고목의 직전
순식간이더라

그토록 바라던 모습이 맞나?

문득 거울을 들여다보니
내 얼굴이 잘 안 떠오르고
여전히 거울 속 세상을 헤메이고

철이 적당히 없어야 하는데
그래야만 하는데

풍문

들풀이 듣고
나무가 듣고

대지가 듣고
천공이 듣고

아침이 듣고
밤이 듣고

새들이 듣고
생쥐들이 듣고

배 채운 입이 흘리고
굶주린 귀가 삼키고

모르던 네가 듣고
돌고 돌아

흘린 내가 듣고

남동생

절친한 벗의
아홉 살배기 늦둥이 남동생

어려서부터 낯가림 하나 없어
참 많이도 안아줬었지

좋아하는 걸 묻고 또 물어
그 작은 손에 꼭 쥐여주곤 했지

태권도 승품단 심사
바쁘신 친구 부모님 대신해
후다닥 달려가
멀찍이서 지켜봐 주고 그랬지

지난 몇 년,
잊고 지내던 그런 맑음에
참 흐뭇하면서도

한편으론 비구름이 드리운 건
아마도 그 작은 아이에게서
내 동생이 겹쳐 보였나 보다

만날 때리기만 했던 형이어서

날 선 혓바닥으로 마구 베어댔던 형이어서

늘 모질게만 굴던
그 시절의 나였어서.

울퉁불퉁

가뭄이 든 인내에
얼굴이 쩍쩍

육신이 쩍쩍
영혼이 쩍쩍

일을 그르치고
관계를 그르치고
하늘을 그르치고

반듯한 단면을 원했다만
단지,

톱으로 썰어낸
울퉁불퉁한 빵의 단면

쩝쩝
뻑뻑

들꽃

피어난 꽃은 말이 없고

피어난 너 또한 그러하고

보이려 애쓰지 않구나
구태여 자신을 뽐내지 않는구나

그 자체가 세상이라는데
그 자체가 울림이고 눈물이라는데
내 어찌 그댈 지나치겠소

길 가다 마주친 이름 모를 들꽃에
나도 몰래 툭 튀어나온
번지르르한 감탄사였다

가족사진_회상

오래도 들여다본다
스며들 듯 들여다본다

살글살금
시계는 뒤돌아 걷기 시작하고
그렇게 마주한
그날의 그들이었다

절 알아보시겠습니까?
이렇게 커버린 저에게도
참치 김치찌개를 끓여주시렵니까

허허허 웃는 얼굴에
주름 하나 없으시네
머리 높이가 저와 비슷하시군요

형이다!
뭘 그렇게 뒤로 숨고 그러냐
몰랐는데 참 귀여웠구나

기뻤다
찰나였지만
가슴에 석양 지도록 좋았다.

꿈공장

꿈들을 보았던 것이었다
누워있는 것들
세워져 있는 것들
둥둥 떠있는 것들

내가 깜빡 졸았나
뜨거운 커피 한 잔 홀짝이니
입술 끝으로 온기 머무는
향긋한 잔향이 맴돌고
그제야 내 꿈들도
그 곁에서 유연한 유영을

꿈 공장
말 그대로
얼마나 낭만적인 이름인가
누군가의 꿈을 찍어낸다
꾸는 것 그 너머를 넘어 담아내고
눈에 보이는 아름다운 모양새로

깡깡 뚝딱 뚝딱
고요함 속에서 무언가 만들어지는 듯
무언가 들리는 듯

나의 꿈을 온전히 맡기고
다시 먼 길 떠나온다

깡깡 뚝딱 뚝딱
꿈 공장
쌩쌩하게 깨어있던 채로

사랑은

사랑이 뭐냐는 물음에
한 치의 망설임 없이 그대를

떠오름에는 달리 그 까닭이 없었으며
그렇기에 그것이 사랑임을

또다시 세상은 검은 커튼을 드리우고
그 아래 달리 까닭 없이 그대가 떠오르고

그렇게 둥둥 두 개의 달이라
나는 작은 창을 가리는 커튼을
걷어 올려봅니다

늘 까닭을 향한 극심한 허기를 느끼며
그렇게 뱃가죽 바닥에 딱 붙인 채
두 팔 두 다리로 여태 기어 왔습니다만
투명한 유리잔에 담긴
투명한 물 한 잔으로
주린 배를 채워냅니다

무엇이 됐든
그 자체를 사랑하렵니다
그대의 있는 그대로를 사랑하렵니다

그 까닭을 달리 찾아야 할 까닭을
저 어딘가로 미뤄두며

시, 흐르다057

우리의 계절은 언 마음을 녹이고

초판 1쇄 인쇄	2025년 12월 10일
초판 1쇄 발행	2025년 12월 25일

지은이	김보곤 전영규 이지인 최은유 이수연 최우진
펴낸이	이장우
책임편집	송세아
디자인	theambitious factory
편집	안소라
관리	김한다 한주연
인쇄	KUMBI PNP
배본	고려출판물류
펴낸곳	도서출판 꿈공장플러스
출판등록	제 406-2017-000160호
주소	서울시 성북구 보국문로 16가길 43-20 꿈공장 1층
이메일	ceo@dreambooks.kr
홈페이지	www.dreambooks.kr
인스타그램	@dreambooks.ceo
전화번호	02-6012-2734
팩스	031-624-4527

ISBN	979-11-24181-03-4
정가	13,800원